런던을 걷는 게 좋아,
버지니아 울프는 말했다

런던을 걷는 게 좋아,
버지니아 울프는 말했다

버지니아 울프 지음
이승민 옮김

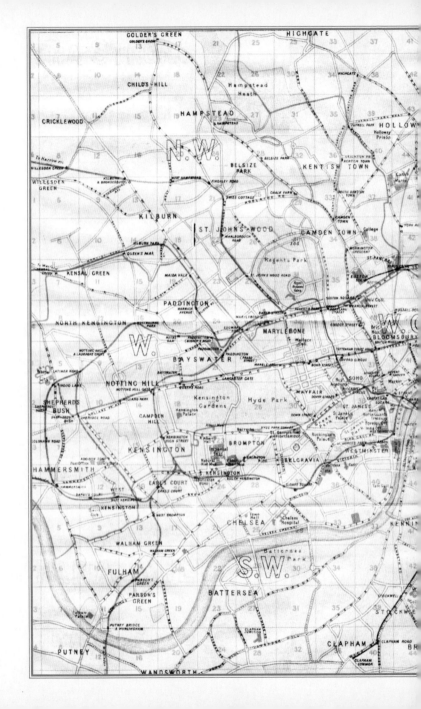

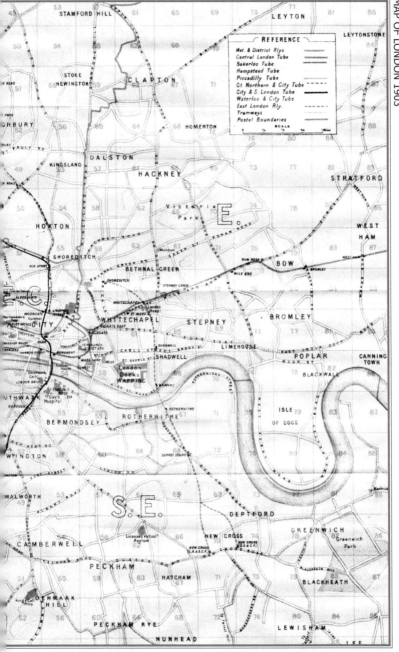

REFERENCE

Met. & District Rlys	
Central London Tube	
Bakerloo Tube	
Hampstead Tube	
Piccadilly Tube	
Gt. Northern & City Tube	
City & S. London Tube	
Waterloo & City Tube	
East London Rly.	
Tramways	
Postal Boundaries	

SCALE

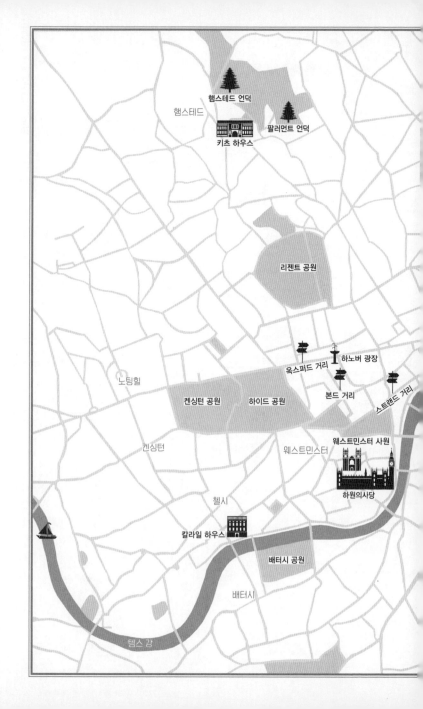

햄스테드 언덕

햄스테드

팔러먼트 언덕

키츠 하우스

리젠트 공원

노팅힐

옥스퍼드 거리

하노버 광장

본드 거리

스트랜드 거리

켄싱턴 공원

하이드 공원

켄싱턴

웨스트민스터 사원

웨스트민스터

첼시

하원의사당

칼라일 하우스

배터시 공원

배터시

템스 강

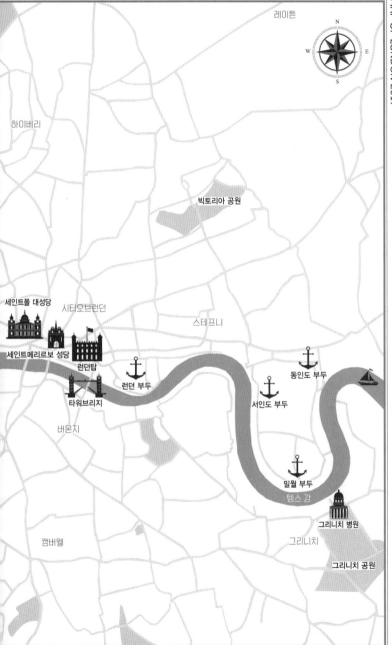

레이튼

하이베리

빅토리아 공원

세인트폴 대성당 시티오브런던

스테프니

세인트메리르보 성당

런던탑

타워브리지

런던 부두

동인도 부두

서인도 부두

버몬지

밀월 부두

템스 강

그리니치 병원

캠버웰

그리니치

그리니치 공원

*이 책은 1931년 12월부터 1932년 12월까지 『굿하우스키핑Good Housekeeping』에 격월로 연재된 여섯 편의 에세이를 엮었습니다.

차례

런던 부두

"오 멋진 배여, 어디를 향하는가." 해변에 누워 수평
선 너머로 사라지는 대형 범선을 바라보며 시인이
묻는다.[1] 아마 배는 시인의 상상대로 태평양의 어느
항구를 향해 가고 있었겠지. 그러던 어느 날 필시
거역할 수 없는 부름을 듣고 노스포어랜드와 리컬

---

[1] 영국의 시인 겸 수필가 로버트 시모어 브리지스Robert Seymour Brideges
(1844-1940)의 시 「A Passer by」(1879)에서 인용한 구절이다.

버를 지나 런던 항으로의 좁은 물길로 들어섰을 터. 그길로 그레이브젠드, 노스플리트, 틸버리로 이어지는 아래쪽 둑을 거쳐 에리스리치, 바킹리치, 갤리언리치[2]를 거슬러 오른 다음 가스 공장과 하수처리장을 지나 자동차가 주차장에 들어서듯 마침내 부두 수심 깊은 곳에 마련된 제 자리를 찾아 돛을 접고 닻을 내렸으리라.

겉보기에는 자유롭고 낭만적이며 기분 내키는 대로 움직일 것 같아도 항해 중인 선박치고 런던 항에 정박할 시간을 지키지 않는 배는 거의 없다. 작은 배를 타고 중류에 나가면 항해의 표식을 고스란히 지니고 강물을 거슬러 오르는 선박들이 보인다.

—
2 템스 강 하구가 북해와 만나는 동쪽 끄트머리 땅에 노스포어랜드, 거기서 서쪽으로 강 상류를 향해 이동하는 중간에 리컬버가 있다. 런던 항까지 내륙을 비집고 흐르는 템스 강을 거슬러 오르면 유역 좌우로 그레이브젠드, 노스플리트, 틸버리가 나타난다. 에리스리치, 바킹리치, 갤리언리치는 이스트런던의 지역명이다.

차양 달린 상부 갑판의 긴 회랑을 따라 짐가방을 움켜쥔 채 난간에 몸을 기댄 승객들, 그 아래로 허둥지둥 종종걸음을 치는 인도인 승무원들을 태운 정기 여객선들이 들어온다. 연중 한 주도 거르지 않고 런던 부두에 정박하러 귀향하는 대형 선박들이 천척에 이른다. 부정기 화물선, 석탄선, 석탄 무더기를 실은 바지선, 붉은 돛을 달고 좌우로 출렁이는 소형 보트들이 북적대는 사이를 여객선이 위풍당당한 기세로 뚫고 나아간다. 전용선처럼 보이지 않는 허술한 보트들도 해리치의 벽돌이나 콜체스터의 시멘트를 실어 나르는 사업용 상선이다. 이 강에 한가한 유람선은 없다. 거스를 수 없는 흐름에 이끌려 폭풍과 무풍과 침묵과 고독의 바다를 지나온 배들이 저마다 할당된 정박지에 다다른다. 엔진이 멈추고 돛이 접히면 기묘한 변화가 일어난다. 한 줄로 늘어선 인부들의 숙소와 대형 창고의 검은 벽들을 배경으로 갑자기 어수선한 굴뚝과 우뚝 솟은 돛대들이 어울리지 못하고 두드러져 보인다. 등 뒤로 바다와 하늘이 어우러지게 펼쳐진 전망도 사라지고 팔다리를 뻗을 넉넉한 공간도 이제는 없다. 마치 날갯짓하며 솟구쳐 오르다 발목이 붙잡혀 마른땅에 묶인 생명체의 모양새로 배들은 그 자리에 억류된다.

바다가 불어주는 소금기에 코를 벌름대며 템스 강을 거슬러 올라오는 배들을 지켜보기란 더없이 흥분되는 일이다. 대형 선박부터 작은 배, 낡은 배부터 화려한 배, 인도에서 러시아에서 남아메리카에서 오는 배, 오스트레일리아에서 오는 배, 침묵과 고독과 위험을 건너온 배들이 눈앞을 지나 항구로 귀향한다. 그러나 일단 닻을 내리고 기중기의 상하좌우 움직임이 시작되면 모든 낭만은 거기까지다. 정박한 배들을 지나 런던 시가지 쪽으로 방향을 돌리면 세상에서 가장 음울한 전망이 눈앞에 펼쳐진다.

강둑을 따라 우중충하니 낡은 창고들이 빽빽이 늘어서 있다. 창고가 뒤섞여 앉은 땅은 이미 끈적끈적한 진흙밭이 돼버렸다. 날림으로 지은 노쇠한 기운이 창고 하나하나마다 낙인처럼 선명하다. 깨진 유리창은 깨진 채로 방치돼 있다. 얼마 전 화재로 그을리고 화상 입은 창고와 비교해도 이웃 창고의 음산하고 황량한 몰골이 더 나아 보이지 않는다. 돛대와 굴뚝 뒤편으로 인부들 숙소가 불길한 난쟁이 도시처럼 앉아 있다. 전경에 보이는 강둑에는 기중기와 창고와 비계와 가스탱크가 골조만 앙상하게 줄을 잇는다.

이런 황량함을 지나고 또 지나다 갑자기 초목이 무리 지어 자라는 들판에 우두커니 서 있는 오래된 돌집이라도 한 채 만나면, 그 광경에 어안이 벙벙해진다. 이 황량한 무질서 아래에도 한때는 들판이 놓이고 농작물이 자랐을까? 정녕 대지라는 것이

존재할 수 있었을까? 잔디밭과 비탈밭을 밟아 뭉갠 벽지 공장, 비누 공장 사이로 살아남은 나무와 들판이 마치 다른 문명의 표본처럼 부조화스럽다. 아직도 마을 사람들이 들판을 가로질러 예배에 참석하러 오는 양 교회 종을 울리고 교회 묘지를 푸르게 가꾼 고색창연한 시골 교회를 지날 때면 부조화의 느낌은 더욱 커진다. 아래쪽으로 내려가니 내민창이 볼록한 어느 여인숙에 여전히 방탕과 쾌락의 낯선 공기가 감돈다. 19세기 중엽 쾌락을 좇는 이들의 단골 휴식처였던 이곳은 당대 가장 떠들썩한 이혼소송에도 몇 차례 등장한 바 있다.[3] 쾌락의 시대가 가고 노동의 시대가 도래한 지금, 백 년 전 연인들이 제비꽃을 따며 거닐던 들판은 악취 풍기는 흙더미

---

3 빅토리아 시대 영국은 배우자의 불륜을 증명해야 이혼이 허용되는 엄격한 이혼법 탓에 상류층의 이혼소송에 종종 여관이나 호텔의 불륜 장면이 사진이나 증언으로 제출됐다.

에 파묻혔고 트럭들은 끊임없이 흙 위에 또 흙을 쏟아붓는다. 그러는 사이 사람의 발길이 끊어진 여인숙은 흡사 화려하게 밤 단장을 하고서 촛불이 일렁이는 진흙밭을 내다보는 어여쁜 여인처럼 그 자리를 지키고 있다.

런던 시가지 쪽으로 계속 강을 거슬러 오르다 보면 강을 따라 내려오는 도시의 폐기물과 마주친다. 낡은 들통, 면도날, 생선 꼬리, 신문지, 잿가루 등등 우리가 먹다 남긴 찌꺼기며 쓰레기통에 내버린 것들을 가득 실은 바지선들이 세상에서 가장 황폐한 땅에 제 짐들을 부려놓는다. 길게 뻗은 폐기물 동산은 지난 오십 년 동안 희뿌연 연기를 뿜으며 무수히 많은 쥐를 번식시키고 잡초를 무성히 키워내며 매캐하고 까끌까끌한 공기를 방출하고 있다. 해를 거듭할수록 쓰레기 더미는 위로 옆으로 덩치를 키우는데 빈 깡통들 때문에 측면 경사는 더욱 가파르고 꼭대기는 잿더미로 더욱 뾰족하다. 마침 거대한 인도행 여객선 한 척이 이런 추한 광경을 아랑곳하지 않고 무심히 스쳐 지나간다. 여객선은 쓰레기 바지선, 하수 바지선, 준설선 사이를 헤치고 바다로 나아간다. 조금 더 멀리 좌측으로 펼쳐진 광경은 다시금 모든 균형감을 흐트러뜨리며 불시에 우리를 놀라게 한다. 인간의 손으로 지은 가장 웅장한 건물들이 눈앞에 모습을 드러낸다. 기둥과 돔 지붕이 완벽한 대칭을 뽐내는 그리니치 병원이 수변 가까이 자리 잡으며 이 강줄기를 다시금 웅장한 수로로 변모시킨다. 한때는 이곳에서 잉글랜드의 귀족들이 유유자적 푸른 풀밭을 거닐고 돌층계를 내려와 유람용 거룻배에 올랐겠지. 타워브리지에 가까워질수록 도시는 제 위세를 과시하기 시작한다. 건물들이 더 두껍게 더 높은 층을 쌓아 올린다. 하늘에 드리운 자줏빛 구름도 더 짙고 묵직해 보인다. 돔 지붕들이 더 크게 부풀고 세월에 희끗해진 교회 첨탑들이 뾰족한 연필 모양의 공장 굴뚝들과 한데 뒤섞인다. 런던이라는 도시의 포효와 반향이 귓전을 울린다. 마침내 우리가 하선한 이곳은 오래된 돌로 육중하게 세워 올린 위압적인 원형의 공간 안에서 숱하게 북이 울리고 숱하게 머리가 잘려나가던 런던탑이다. 수 마일에 흩어진 해골 같은 황량함, 개미 같은 움직임의 중심이자 매듭이자 실마리가 바로 여기다. 이곳에서 으르렁대는 거친 도시의 노래가 바다에 나간 배들을 불러 제 창고 아래 억류한다.

이제 우리는 강둑에 서서 항해 도중 유인돼 육지에 포박된 배의 심장을 내려다본다. 승객들과 짐 가방은 사라지고 없다. 선원들도 보이지 않는다. 지칠 줄 모르는 기중기만이 위아래 좌우로, 다시 좌우 위아래로 움직인다. 화물칸에서 들어 올려진 큰 통, 부대 자루, 궤짝 들이 줄에 매달린 채 규칙적으로 강기슭을 향한다. 박자를 맞추듯 능숙하고 정연한 동작에서 모종의 미학적 쾌감이 전해진다. 나무통은 나무통끼리, 상자는 상자끼리, 술통은 술통끼리 나란히 배열하고 차곡차곡 쌓아 올린 화물의 행렬이 낮은 천장 아래 장식 없이 휑하게 드넓은 창고 통로며 회랑을 채워간다. 목재, 철, 곡물, 포도주, 설탕, 종이, 수지, 과일 할 것 없이 전 세계의 숲과 평원과 초원에서 수집해온 물품들이 이제 배 화물칸에서 나와 저마다 할당된 자리를 찾아간다. 매주 천 척의 배가 천 개의 화물을 부두에 부려놓는다. 게다가 막대한 양의 갖가지 물품들을 꾸러미 하나하나 집어 정확히 정리하는 데서 그치지 않고, 일일이 무게를 달고 포장을 풀어 내용물을 확인해 기록한 다음 다시 밀봉해 제자리에 놓는 작업을 몇 명 되지 않는 셔츠 차림의 사내들이 수행한다. 구매자가 자신들의 말과 결정을 믿고 따를 것이니만큼 이들은 급하게 서두르거나 시간을 허비해 허둥대는 법 없이 공동의 이익을 위해 극히 체계적으로 일하지만, 어쩌다 찾아온 사람이 있으면 작업을 잠시 멈추고 이런 말을 건넬 여유는 있다. "이따금 계피 자루에서 어떤 게 발견되는지 알고 싶소? 이 뱀 좀 보시오!"

뱀, 전갈, 딱정벌레, 호박琥珀 덩어리, 썩은 코끼리 이빨, 대야에 담긴 수은 등등은 이 방대한 물품 속에서 골라져 탁자 위에 놓이는 기기묘묘한 희귀품의 일부다. 그러나 한 번쯤 호기심에 양보하더라도 부두는 지극히 실리적인 성질을 띠는 곳이다. 기이한 것, 아름다운 것, 희귀한 것이 등장할 때면 그 물건의 상업적 가치에 대한 평가가 즉시 이루어진다. 둥글게 모아놓은 코끼리 엄니들 사이에 유난히 더 크고 갈색빛이 나는 엄니들이 있다. 갈색을 띠는 연유가 있으니 시베리아 얼음 속에 오천 년 동안 꽁꽁 얼어붙어 있던 매머드의 엄니기 때문이다. 매머드의 상아는 휘는 성질이 있어 당구공을 만들지는 못하고 우산 손잡이나 저렴한 손거울 뒤판 정도에만 쓸 수 있다. 혹시라도 최상품이 아닌 우산이나 거울을 구입한다면 잉글랜드가 섬이 되기 이전 시대에 아시아 숲을 돌아다니던 짐승의 엄니일 가능성이 높다.

상아 하나로는 당구공 하나를 만들거나 구둣주걱 하나를 만들 수 있다. 세상의 모든 상품이 쓰임새와 가치에 따라 평가를 받고 등급이 매겨진다. 무역은 상상의 한계를 넘어설 만큼 기발하고 포기를 모른다. 지구상의 무수한 생산품과 폐기물이 낱낱이 검사를 거쳐 가능한 쓰임새를 찾아간다. 호주 선박의 화물칸에서 꺼내오는 양모 뭉치는 자리를 적게 차지하도록 쇠 띠로 둘러매져 있다. 이 쇠 띠도 바닥에 버리지 않고 독일로 보내 안전면도기의 재료로 삼는다. 양모 자체에는 조악한 기름기가 돈다. 담요를 만들기에는 해로운 성분이지만 따로 추출하면 얼굴 크림을 만드는 재료가 된다. 특정 품종의 양에서 얻은 양모에는 식물의 가시가 달라붙어 있기도 한데, 하물며 이 가시조차 쓸모가 있다. 양들이 어느 비옥한 초원에서 풀을 뜯고 자랐음을 확실히 입증해주니 말이다. 가시 하나, 양모 한 다발, 쇠 띠 하나라도 용도 불명인 것이 없다. 모든 사물과 용도의 들어맞음이, 모든 과정에 미리 대비한 헤아림과 준비성이 부두 사람 누구의 머리에도 스치지 않은 미적 요소를 마치 뒷문으로 들여오듯 슬그머니 불러들인다. 창고는 창고로 제격이고 기중기는 기중기로 제격이다. 거기서부터 아름다움이 깃들기 시작한다. 기중기는 위아래 좌우로 움직이고, 그 규칙성에 리듬이 실린다. 자루와 통을 들이느라 활짝 열어둔 창고 벽 너머로 런던의 모든 지붕이며 깃대며 첨탑 그리고 짐을 짊어지고 내리는 사내들의 무의식적이고 격렬한 움직임이 보인다. 서늘한 저장실에 뉘어두어야 하는 포도주 통의 특성 덕택에 어슴푸레한 빛줄기가 만들어내는 신비로움, 나지막한 아치가 빚어내는 아름다움이 덤으로 주어진다.

포도주 저장실의 광경에는 특별한 엄숙함이 있다. 등불을 매단 긴 널조각을 이리저리 흔들며 거대한 성당 같은 공간을 찬찬히 둘러보면 어둑한 곳에 사제들처럼 나란히 누워 서서히 익어가며 진중히 숙성하는 술통들이 보인다. 이쪽저쪽 통로 사이로 등불을 흔들며 거니는 동안 단순한 포도주 감정가나 세관원이 아니라 흡사 어느 묵언 수행 사원에서 예배를 올리는 사제들이 되는 듯하다. 털 누런 고양이 한 마리가 앞장서 지나갈 뿐 이곳에 사람의 숨결이라고는 없다. 저장실은 우리의 숭배 대상이 줄 맞춰 누워 있는 자리다. 달콤한 액체로 봉긋 부풀어 꼭지를 열면 붉은 포도주를 콸콸 쏟아낸다. 포도주의 달콤함이 마치 향을 피운 것처럼 저장실에 가득하다.

여기저기서 가스등 불꽃이 너울대지만 사실 실내를 밝히는 용도가 아니다. 불빛 아래 꼬리에 꼬리를 물고 끝없이 소환되는 녹회색 아치의 아름다움을 밝히기 위해서도 아니다. 그저 포도주 맛이 깊어지려면 많은 열이 필요해 그 자리에 있을 뿐이다. 용도가 아름다움을 부산물로 낳는다. 나지막한 아치에는 솜 같은 흰 뭉치가 매달려 자란다. 곰팡이다. 보기에 좋으냐 혐오감이 드느냐는 중요하지 않다. 곰팡이가 환영받는 건 소중한 액체의 건강을 지키기에 알맞은 습기를 공기가 머금고 있다는 증거라서다.

심지어 영국의 언어도 무역의 필요에 맞춰 적응을 거쳐왔다. 사물에 맞춰 사물의 정확한 윤곽을 취해 단어가 만들어졌다. 사전에 실린 창고라는 단어에서 '발린치valinch[4]'나 '고해shrive', '셔츠shirt'나 '장사

4 술을 보관하는 오크 통 구멍에 꽂아 술을 따르는 빨대 모양의 긴 막대.

치flogger’등의 의미를 찾아본들 허사겠지만 모두 실제 창고 안에서 자연스럽게 혀끝에서 빚어진 말들이다. 포도주 통 옆구리를 가볍게 두드려 마개를 움찔하게 만드는 행위도 마찬가지다. 수년간의 시도와 실험 끝에 가장 빠르고 가장 효과적인 행위에 도달한 결과다. 가히 손재주의 최고 경지라 할 만하다.

생각해보면 부두의 일상을 바꿀 힘은 오로지 우리 자신의 변화뿐이다. 예컨대 더 이상 보르도산 적포도주를 마시지 않는다거나 양모 대신 고무를 담요로 쓰기 시작한다고 가정해보자. 생산과 유통 체계 전반이 휘청휘청 흔들리고 새로운 적응 방안을 모색해야 한다. 기중기를 상하좌우로 움직이고 항해 중인 선박을 불러들이는 것은 바로 우리, 다시 말해 우리의 취향과 유행과 요구다. 우리 몸이 그들의 주인인 셈이다. 신발, 모피, 가방, 난로, 기름, 라이스푸딩, 양초 등등 우리가 요구하는 것이 우리 앞에 대령된다. 우리 내부에서 새롭게 자라는 욕망이 무엇이고 거부감이 무엇인지 알아내려고 무역은 초조하게 우리를 주시한다. 부둣가에 서서 정박한 선박의 화물칸에서 통이며 상자며 꾸러미를 들어 올리는 기중기를 바라보노라면 어떤 복잡하고 중요한 동물의 필수 불가결한 존재가 느껴진다. 담배에 불을 붙이고 싶은 사람이 있기에 버지니아산 담배가 담긴 저 통들이 모두 뭍으로 운반된다. 호주의 수많은 양이 떼로 털 깎이는 건 겨울철 우리에게 양모 외투가 필요하기 때문이다. 우리가 한가하게 앞뒤로 흔들고 다니는 우산으로 말하자면, 그 손잡이를 만들기 위해 오만 년 전 습지를 뒤흔들던 매머드 한 마리가 엄니를 내놓아야 한다.

그사이 출항을 알리는 청색기를 펄럭이며 배 한 척이 서서히 부두를 빠져나가고 있다. 그 배는 다시금 뱃머리를 틀어 인도로 혹은 호주로 향한다. 한

편 런던 항에서는 부두로 연결된 좁은 도로 위 화물 차들이 각축을 벌이고 있다. 대대적인 판매가 한바 탕 종료된 뒤 영국 전역으로 양모를 유통하려는 짐 마차들의 분투가 한창인 탓이다.

템스 강의 북쪽 강둑 1901년

옥스퍼드 거리의 물결

저 아래 부두에 가면 가공하지 않은 큼직한 덩어리 상태의 사물이 보인다. 여기 옥스퍼드 거리의 사물은 정제와 변형이 가해진 이후의 모습이다. 큰 통에 가득하던 눅눅한 담뱃잎이 셀 수 없이 많은 담배 개비로 말끔히 말려 은색 종이 위에 놓여 있다. 투실투실한 양모 뭉치는 실을 자아 얄팍한 조끼와 부드러운 스타킹으로 짜였다. 굵은 양털의 기름기는 연약한 피부에 바르는 향내 나는 크림으로 바뀌었다. 물건을 사는 사람 파는 사람 모두 동일한 도시적 변화를 겪었다. 검정 외투, 새틴 드레스 차림으로 발을 헛딛고 종종걸음치며 인간 역시 동물 가공품 못지않은 적응의 양상을 보여준다. 무거운 짐을 들고 끄는 대신 능숙한 손길로 서랍을 열어 실크 옷감을 매대에 펼치고 긴 자로 길이를 재서 가위로 싹둑싹둑 자른다.

옥스퍼드 거리가 런던에서 최고로 손꼽히는 거리가 아니라는 점은 두말할 것 없다. 익히 알다시피 비평가들은 옥스퍼드 거리에서 물건을 사는 이들을 조롱하며 손가락질하고, 멋을 추구한다 하는 이들도 이런 입장에 지지를 보낸다. 패션은 하노버 광장 근처나 본드 거리 주변의 비밀 장소들로 조용히 물러나 거기서 숭고한 자신만의 의식을 거행하곤 한다. 옥스퍼드 거리는 흥정과 할인이 난무해서 불과 한

주 전까지 가격이 2파운드 6실링이던 물건이 1파운드 11실링 3페니까지 내려가는 일이 허다하다. 사고 파는 행위도 소란하고 노골적이다. 그러나 해 질 무렵, 인공조명과 실크 더미와 버스 불빛 탓에 마치 지지 않는 저녁노을이 마블 아치를 품은 듯 보이는 시각에 느긋한 걸음으로 걷노라면 거대한 리본 다발처럼 펼쳐지는 옥스퍼드 거리의 현란한 번쩍임이 나름대로 매력적이다. 반짝이는 물줄기가 끝없이 자갈을 씻어 내리는 강바닥처럼 모든 것이 영롱하게 빛난다. 봄의 첫날에는 튤립, 바이올렛, 수선화로 층층이 화려한 주름 장식을 매단 수레들이 등장한다. 이 부실한 조각배들이 차량의 흐름 사이로 희미한 소용돌이를 그린다. 거리 한 귀퉁이에서 초라한 행색의 마술사들이 마술용 잔에 색종이 조각들을 넣고 확대해 울긋불긋한 식물들의 웅긋쭝긋한 숲을 닮은 수중 꽃밭을 만들어 보인다. 다른 모퉁이에는 풀을

깔개 삼아 거북들이 누워 있다. 생명체 가운데 가장 느리고 가장 사색적인 동물이 서너 뼘 남짓한 보도 위에서 행인들의 발에 밟힐세라 빈틈없이 보호받으며 온순한 움직임을 보여준다. 추측하건대 나방이 별을 향해 욕망을 품듯 인간이 거북에게 품는 욕망은 인간 본성의 불변 원소다. 그럼에도 불구하고 지나가던 여성이 걸음을 멈추고 거북 한 마리를 짐꾸러미에 추가하는 모습이란, 아마 인간의 눈에 희귀하디 희귀한 구경거리로 비칠 테지.

경매, 수레, 저렴한 가격, 광채, 이 모두를 고려할 때 옥스퍼드 거리의 특징이 세련미라 말하기는 힘들다. 이 거리는 일종의 번식지이자 감각의 온상이다. 포장된 도로 아래서 끔찍한 비극의 싹이 움트기라도 하듯 여배우의 이혼이나 백만장자의 자살이 주거지역의 수수한 도로에서는 보기 힘든 빈도로 발생한다. 뉴스가 바뀌는 속도도 런던 어느 지역보다 빠르다. 북적대는 인파가 게시문의 잉크를 다 핥아 없앤 듯 다른 지역보다 더 많은 게시문을 소비하고 새로운 개정판의 공급을 재촉한다. 인간의 정신은 자국이 고스란히 찍히는 아교판이 되고, 옥스퍼드 거리는 변화무쌍한 볼거리와 소리와 움직임의 리본 다발을 그 판 위에 끝없이 굴린다. 짐 꾸러미들은 이리 쿵 저리 철썩, 버스는 도로 연석에 끼익, 붐빠거리는 취주악대 전원의 요란한 연주가 피리 소리만큼 가늘어진다. 버스, 화물차, 승용차, 수레 들이 그림 퍼즐 조각처럼 줄지어 지나간다. 흰 팔이 올라가면 퍼즐이 빽빽이 달리다 엉기고 멈춘다. 흰 팔이 내려가면 퍼즐은 다시 줄지어 지나다가 한껏 속도를 높여 쉼 없는 속도 경쟁과 무질서 속에 뒤죽박죽 배배 꼬인다. 아무리 오래 지켜봐도 결코 맞춰지지 않는 퍼즐이다.

구르는 바퀴들의 강물을 사이에 두고 양측으로

저 옛날 서머싯 공작과 노섬벌랜드 공작, 도싯 백작과 솔즈베리 백작이 스트랜드 거리[1]에 나란히 세운 웅장한 저택들처럼 현대판 귀족들이 세운 으리으리한 대저택들이 자리 잡고 있다. 큰 회사들이 저마다 세운 건물들은 머나먼 타지의 캐번디시 저택과 퍼시 저택[2]이 그러하듯 창시자들의 용기와 진취성과 대담성을 증명한다. 장차 우리 상인들의 후손이 캐번디시와 퍼시 가문의 자리에 올라설 것이다. 하기는 아량 있기로는 옥스퍼드 거리의 영주들도 문 앞에 찾아온 가난한 자들에게 금화를 뿌리거나 빵을 나눠주는 여느 공작 백작에 뒤지지 않는다. 다만 기부의

---

1 정치의 중심인 웨스트민스터와 상업과 행정의 중심인 시티오브런던을 잇는 화려한 다리 같은 거리. 12세기부터 왕족, 귀족, 주교들의 궁과 대저택들이 세워졌고 17세기 이후로는 호텔, 출판사, 카페, 병원, 대학 등이 들어섰다. 칼라일, 디킨스, 에머슨을 비롯한 여러 문인이 살았으며 울프가 즐겨 산책하던 거리이기도 하다.
2 캐번디시 가문과 퍼시 가문은 중세 이래 영국에서 가장 막강한 부와 영향력을 행사해온 명문 귀족가문이다.

형태가 다를 뿐이다. 이들의 기부는 밤에는 불 밝힌 진열창으로 낮에는 펄럭이는 현수막, 홍분, 전시, 오락의 형태로 제공된다. 이들이 제공하는 최신 뉴스도 공짜고 이들의 연회장에서 흘러나오는 음악도 공짜다. 더도 말고 1파운드 11실링 3페니만 지불하면 그 높다랗고 쾌적한 홀이며 폭신한 카펫이며 승강기며 은은한 커튼과 카펫과 은식기의 호사를 누릴 수 있다. 물론 이런 선심에는 목적이 있으니 우리 주머니에서 실링과 페니를 최대한 손쉽게 꾀어내기 위함이다. 퍼시 가문이나 캐번디시 가문이라고 해서 시인의 헌정사가 됐든 농부의 한 표가 됐든 여하튼 모종의 대가를 기대하지 않고 베풀기만 했으랴. 옛 영주들과 신흥 영주들 공히 인간 생활의 장식과 여흥에 보탠 바가 상당하기는 하다.

하지만 옥스퍼드 거리의 대저택들이 주택으로서 다소 조잡한 점은 부인하기 어렵다. 주거지라기보다는 행사장에 가까울지 모른다. 이곳을 방문해보면 발 딛고 선 바닥이 강철 대들보 위에 놓인 얇은 널 빤지에 불과하며, 석조 장식으로 요란한 건물 외벽 은 바람의 힘을 견딜 두께에 불과하다는 사실을 깨 닫는다. 건물 내부의 섬유 장식은 우산 끝으로 한 번 세게 찌르기만 해도 심하게 손상을 입는다. 엘리 자베스 여왕 재위 시절 농부나 방아꾼의 거처로 지 어진 수많은 시골 오두막들이 오히려 오래 살아남아 이 대저택들이 흙먼지 속으로 사라지는 모습을 지 켜볼 참이다. 참나무로 들보를 세우고 정직한 벽돌 을 차곡차곡 쌓아 단단히 붙인 오래된 오두막의 벽 은 전기라는 현대의 축복을 도입하려는 드릴과 천공 기 앞에서 여전히 완강한 저항을 굽히지 않고 있다. 반면 옥스퍼드 거리는 당장 내일이라도 어느 일꾼의 곡괭이 날 아래 흔적 없이 사라지는 광경을 보게 될 지 모른다. 먼지 자욱한 건물 꼭대기에 아슬아슬하게 선 일꾼이 벽이며 외관을 내리치면 마치 노란 마분지에 설탕 장식을 얹어 만든 것처럼 가볍게 무너져 내리리라.

그러하니 비평가들은 또다시 조롱하며 손가락질한다. 빈약함, 종잇장 같은 석재, 가루 같은 벽돌은 우리 시대의 경솔과 허식과 조급증과 무책임을 반영한다고 말이다. 만일 우리가 백합을 청동으로 주조하자거나 영원히 시들지 않는 에나멜로 데이지 꽃잎을 달자고 요구하면 어찌 될까? 그런 말을 하는 우리나 듣는 그들이나 비웃느라 여념이 없을 것이다. 런던의 현대적 매력은 지속을 목표로 하지 않는다는 점이다. 런던은 사라짐을 목표로 세워진 도시다. 이 도시의 유리질, 투명성, 밀려드는 유색 회벽의 물결은 옛 건축가들과 그들의 후원자인 영국 귀족들이 원한 바와 다른 만족을 주고 그들이 꾀한 바와 다른 목표를 성취한다. 그들의 자부심에는 영속성에

대한 환상이 필요했다. 거꾸로 우리는 석재와 벽돌을 우리의 욕망만큼 덧없게 만들 수 있음을 증명하며 자부심을 즐기는 듯하다. 우리는 후손들을 위해 건물을 짓지 않는다. 후손들이 구름 위에서 살지 땅속에서 살지 모르는 일이다. 그저 우리 자신과 우리의 필요를 위해 건축을 한다. 부수고 새로 지으면서 다시 또 부서지고 새로 지어질 것을 예상한다. 충동이 창조와 다산을 가능하게 한다. 발견을 격려하고 언제라도 발명에 나설 태세다.

옥스퍼드 거리의 신흥 사업가들은 그리스인들, 엘리자베스 여왕 시대 사람들, 18세기 귀족들이 선호하던 바를 무시한다. 대신 화장 도구 가방, 파리식 코트, 저렴한 스타킹, 목욕 소금 단지를 완벽하게 과시하는 건축을 고안해내기 급급하다. 그러지 못하면 그들의 대저택과 맨션과 승용차는 물론 그들이 고용한 상점 점원들이 축음기, 라디오, 극장 나들이 비용까지 받으며 제법 괜찮은 생활을 누리는 크로이던과 서비튼[3]의 작은 빌라들 전부가 파탄에 이르리라는 생각이 사업가들의 머리를 짓누른다. 하여 그들은 석재를 기상천외하게 펼쳐놓고 그리스풍, 이집트풍, 이탈리아풍, 아메리카풍을 모조리 뒤죽박죽 쑤셔 담아 버젓이 풍족과 풍요의 외양을 흉내 낸다. 여기 마르지 않는 샘이 있어 날마다 새롭고 늘 신선하고 누구나 살 수 있게 가격도 저렴한 끝없는 아름다움이 하루도 쉬지 않고 일주일 내내 퐁퐁 솟아오른다고 일반 대중을 설득한다. 옥스퍼드 거리에서 오래된 것, 견고한 것, 영구한 것은 생각만으로도 혐오스런 존재다.

그러므로 혹시 오후 산책 경로로 이 특정 도로

—
3 크로이던과 서비튼은 각각 런던의 남쪽과 동서쪽 외곽에 위치한 일종의 '베드타운'이다. 철도와 교통이 편리해 런던 도심으로 출퇴근하는 인구가 다수 거주한다.

를 택하는 비평가가 있다면 기기묘묘한 불협화음을 수용할 수 있도록 먼저 자기 음을 조율해두어야 한다. 화물차와 버스의 소음 위로 갖가지 외침이 들려온다. 거북을 파는 사내의 목소리다. "내 팔의 아픔을 누가 알아주리오. 거북 한 마리 못 팔 공산이 크지만 용기를 내야지! 살 사람이 나타날 수도 있는 일, 오늘 밤 잠자리가 거기 달려 있지 않은가. 그러니 계속 가야지, 경찰이 봐주는 느린 걸음으로 해 뜰 때부터 해 질 때까지 옥스퍼드 거리로 거북 태운 수레를 끌고 가야지." 어느 거상의 말도 들린다. "맞는 말씀, 나는 대중에게 더 높은 수준의 미적 감수성을 가르칠 생각이 없소. 내 상품들을 어떻게 진열해야 최소의 비용으로 최대의 효과를 거둘지 궁리하느라 머리가 터질 지경이요. 코린트식 기둥 위에 천남성 화분을 올려두는 게 나은지 한번 해봐야겠군." 이번에는 어느 중산층 여성이 말한다. "나도 인정해요, 내가 한 시간이고 두 시간이고 어슬렁어슬렁 구경하다 물건 바꾸고 값도 깎고 떨이 바구니들 일일이 들춰보고 다니긴 하지요. 번뜩이는 눈빛도 상스럽고, 탐욕스럽게 잡아채는 행동도 볼썽사나운 거 알아요. 하지만 내 남편이 은행 말단 직원이라 옷치장에 쓸 수 있는 돈이 고작 한 해에 15파운드인 형편이에요. 그러니 어떻게든 이웃들 차림새에 뒤지지 않으려고 여기 와서 슬렁슬렁 얼쩡거리며 구경할 수밖에요." 하는 일이 좀 그러한 어느 여성의 말이다. "나는 도둑질도 하고 몸도 파는 여자다. 그래도 손님이 보지 않을 때 계산대에서 가방을 낚아채려면 배짱이 상당히 두둑해야 하지. 막상 열어보면 가방 안에 달랑 안경과 버스표만 들어 있을 때도 있지만. 자, 시작해볼까!"

옥스퍼드 거리에는 이런 천 가지 목소리들이 항상 아우성친다. 모두 긴장으로 팽팽한 현실의 목소리다. 먹고살기 위한, 잠자리를 마련하기 위한, 무심하고 무자비하게 넘실대는 거리의 파도에 어떻게든 가라앉지 않기 위한 압박감이 화자들을 다그쳐 뱉어낸 목소리다. 그러니 세간의 평자, 그러니까 오후 나절을 공상에 잠겨 보낼 수 있는 점으로 미루어 은행 잔고가 넉넉할 법한 비평가라도 이 점은 인정해야 한다. 삶은 투쟁이고, 모든 건축물은 소멸하며, 모든 과시는 허영임을 이 촌스럽고 천박하고 번잡한 거리가 우리에게 상기시킨다는 사실 말이다. 혹시나 어느 노련한 상점주가 이런 이해를 바탕으로 고독한 사색가들을 위해 비좁은 독방을 만들어 초록 플러시 천을 드리우고 자연히 불이 들어오는 반딧불이와 박각시나방 몇 마리를 뿌려 사색과 사유를 유도하는 시설을 개업할지도 모른다. 하지만 그런 날이 오기 전까지는 이런 결론을 내릴 수 있겠다. 옥스퍼드 거리에서 어떤 결론을 지으려는 시도는 헛되다.

위인들의 집

위인들의 집을 국가 소유로 매입해 위인들이 앉던 의자, 사용하던 컵, 우산, 서랍장까지 온전히 보존하는 가옥들이 런던을 채워가고 있다니 기쁜 일이다. 우리가 디킨스Charles Dickens, 존슨Samuel Johnson, 칼라일Thomas Carlyle, 키츠John Keats의 가옥들을 찾는 이유는 경박한 호기심 때문이 아니다. 집을 통해 우리는 이 인물들을 알아간다. 작가들이 다른 이들보다 더

지울 수 없는 각인을 자기 소지품에 남긴다는 건 이제 거의 자명한 사실이다. 예술적 안목은 변변치 않을지 모른다. 그러나 작가들에게는 언제나 더 희소하고 흥미로운 재능이 있는 듯하다. 자신에게 어울리는 거처를 마련하고, 탁자와 의자와 커튼과 카펫을 자기 이미지화하는 능력이다.

칼라일 일가를 예로 들어보자. 체인로 5번지에서 보내는 한 시간이 칼라일의 전기물 전부에서 배울 수 있는 것보다 이 부부와 그들의 생애에 관해 더 많은 이야기를 들려준다. 부엌으로 내려가 보라. 역사가 프루드[1]가 놓치고 지나친 더없이 중요한 사실을 우리가 그 자리에서 알아차리기까지 이 초면 충분하다. 이 집에는 수도가 놓이지 않았다. 스코틀랜드 출신으로 유난히 청결을 중시한 칼라일 부부

---

[1] 프루드James Anthony Froude(1818-1894) 칼라일의 전기를 비롯한 여러 전기물과 역사서를 집필했다.

는 한 방울의 물도 예외 없이 부엌의 우물에서 손 펌프질로 길어 올려 써야 했다. 우물과 펌프, 차가운 물이 쟬쟬 흘렀을 돌 물통은 지금도 그대로다. 지나치게 폭이 넓은 낡은 쇠살대도 그대로다. 뜨거운 목욕을 하고 싶으면 집에 있는 주전자를 죄다 이 쇠살대 위에 올려 물을 끓여야 했으리라. 금이 간 누런 함석 욕조도 보인다. 폭이 좁고 꽤나 깊은 이 욕조에 물을 가득 채우자면 하녀가 먼저 펌프질을 해서 물을 길어 끓인 다음 지하에서부터 세 층의 계단을 올라 뜨거운 물을 몇 통씩 날라야 했을 테다.

물도 전깃불도 가스난로도 없이 책과 석탄 연기와 사주식 침대와 마호가니 장식장으로 채워진 이 높고 낡은 집에서 당대 가장 까다롭고 신경이 예민하기로 둘째가라면 서러울 두 사람이 불운한 하녀 한 사람의 시중을 받으며 여러 해를 살았다. 빅토리아 중기 어쩔 수 없이 이 집은 여름이든 겨울이든 날이면 날마다 여주인과 하녀가 청결과 온기를 얻고자 먼지나 추위와 싸우는 전쟁터였다. 조각이 새겨진 품위 있고 널찍한 계단은 양철통을 나르느라 지친 여성들의 발길에 닳은 듯 보인다. 벽판을 덧댄 층고 높은 방들 안으로 펌프 소리, 쓱싹쓱싹 솔질 소리가 메아리치는 것 같다. 모든 집에는 목소리가 있으니 이 집의 목소리는 펌프와 솔질 소리 그리고 기침과 신음 소리라 하겠다. 꼭대기 다락방 천창 아래 말총 의자에 앉아 칼라일이 역사와 씨름하며 괴로운 신음을 뱉어내는 동안 런던의 노란 불빛 한 줄기가 그의 글을 비추고 달그락대는 손풍금 소리며 거리 행상의 시끌벅적한 외침 소리가 벽을 뚫고 들어왔겠지. 곱절로 두꺼운 외벽이 소리를 왜곡시킬지언정 소음을 아예 차단하지는 못했을 테니. 또한 모든 집에는 제철이 있으니 이 집의 제철은 언제나 2월인 듯싶다. 추위와 안개가 거리를 떠돌고 횃불이 타오르고 바퀴들의 덜컹거림이 느닷없이 높아졌다가 서서히 사라지는 시간. 2월을 보내고 다시 2월을 맞으며 칼라일 부인은 적갈색 커튼을 드리운 큼직한 사주식 침대, 본인이 태어난 바로 그 자리에 누워 기침을 했다. 부인이 기침하는 동안 먼지와 추위에 맞서 부단히 치를 전쟁의 과업이 우수수 부인 앞에 모습을 드러냈다. 말총 소파는 커버를 갈아 씌워야 하고, 자잘한 짙은 문양이 그려진 응접실 벽지는 닦아내야 하며, 벽판의 누런 니스는 금이 가서 벗겨지고 있었다. 이 모든 걸 부인의 손으로 직접 꿰매고 닦고 문질러야 했으리라. 저 고릿적 나무 벽판 안에 들끓는 벌레들을 박멸한 적은 있었을까? 그렇게 한참 주변을 살피며 뜬눈으로 밤을 새운 시각, 위층에서 남편의 기척이 들리면 부인은 숨소리를 낮추고 하녀가 올라갔을지 미리 불을 지펴 남편의 면도 물을 데워놓았을지 생각했을 테다. 새로 날이 밝았으니 다시 펌프질과 솔질을 시작할 때가 됐다.

　체인로 5번지는 거주지라기보다 전쟁터, 노동과 수고와 끝나지 않는 싸움의 현장이다. 품위와 호사는 전쟁에서 인생이 획득한 전리품이다. 그 전리품 몇 가지가 살아남아 그래도 전쟁을 치를 만한 값어치가 있었음을 우리에게 말해준다. 응접실과 서재의 유물은 다른 전장에서 발견한 유물과 비슷하다. 구식 철펜촉 한 통, 깨진 사기 파이프, 어린 학생들이 사용하는 펜대, 군데군데 이가 빠진 흰빛 금빛의 자기 컵 몇 개, 말총 소파 그리고 누런 함석 욕조. 이 집에서 일한 여위고 고단한 손과 생명이 다해 이 자리에 시신으로 누운 칼라일의 고통에 짓밟힌 얼굴 주조물도 있다. 집 뒤편 정원조차 휴식과 여가의 장소라기보다 개의 시신이 묻힌 묘비가 말해주듯 좀 더 작은 전쟁터에 가까워 보인다. 물론 펌프질과 솔질로 얻어낸 승리의 낮과 눈부시고 평온한 밤도 있었다. 그림을 보면 고운 실크 드레스를 입고 불길이 일렁이는 난로 가까이 의자를 당겨 앉은 칼라일 부인의 주위로 모든 것이 점잖고 견고하다. 그러나 이걸 얻기 위해 얼마나 큰 대가를 치렀는지! 부인의 뺨은 움푹 꺼져 있고 반쯤 여리고 반쯤 고뇌하는 눈빛에서 쓸쓸함과 고통이 전해진다. 펌프는 지하실에, 누런 함석 욕조는 세 층 위에 놓인 삶의 결과가 이렇다. 남편과 아내 두 사람 모두 천재성을 지녔고 서로 사랑했지만 벌레와 함석 욕조와 지하실의 펌프 앞에서 천재성과 사랑이 무슨 소용이란 말인가?

만약 부동산 소개 문구마따나 체인로 5번지가 욕조, 냉온수, 침실 가스 난방, 현대식 편의 시설과 실내 위생 시설이 완비된 집이기만 했더라도 부부간의 다툼이 절반으로 줄고 두 사람의 생활이 더없이 즐거웠으리라 믿지 않을 수 없다. 하지만 발길에 닳은 문지방을 넘으며 다시 곰곰 생각해보면 집에 온

수를 설치한 칼라일은 칼라일이 못 됐을 것이고, 박멸할 벌레가 없는 집의 칼라일 부인은 우리가 아는 여성과 다른 사람이 됐을 것이다.

칼라일이 살던 첼시 가옥과 키츠, 브라운Charles Brown, 브론Brawne 자매가 함께 지내던 햄스테드 가옥 사이에는 한 시대의 간극이 놓인 듯하다. 집마다 제 목소리가 있고 장소마다 제철이 있다면 체인로가 항상 2월이듯 햄스테드는 항상 봄철이다. 게다가 어떤 불가사의한 힘에 의해서인지 햄스테드는 언제나 현대 세계에 포위된 고대 유적이나 변두리가 아니라 고유한 개성을 지닌 장소로 남아 있다. 돈을 버는 곳도 아니고 돈을 쓰러 가는 곳도 아니다. 햄스테드에는 신중한 은퇴를 가리키는 표식이 새겨져 있다. 이곳의 집들은 반듯반듯한 상자 모양이다. 내민창, 발코니, 베란다에 야외용 접이의자를 갖춘 브라이튼 해변의 바다 전망 집들처럼 말이다. 집의 목적과 스타일이 얼마간의 수입과 여가를 누리며 휴식과 휴양을 찾는 사람들을 위해 설계된 느낌이다. 푸른 바다, 흰 백사장과 조화를 이루듯이 옅은 분홍과 파랑의 색감이 주조를 이룬다. 그러면서 한편으로는 대도시의 이웃임을 선언하는 도회풍의 스타일도 겸비한다. 20세기에도 여전히 햄스테드 근교에는 이런 평온이 충만하다. 집의 내민창으로 여전히 골짜기와 나무와 연못과 짖는 개와 나란히 팔짱을 끼고 산책하는 커플들이 내다보인다. 산책하는 커플은 팔러먼트 언덕 꼭대기에서 잠시 걸음을 멈추고 저 멀리 런던의 돔 지붕과 첨탑들을 바라본다. 예전 키츠가 이곳에 살던 시절에도 그들은 산책하다 걸음을 멈추고 이렇게 바라봤겠지. 오솔길 위쪽 나무 울타리 너머 자그마한 흰 집이 그가 머물렀던 자리다. 그 시절 이후로 크게 달라진 것은 없다. 그런데도 키츠가 살던 집에 들어서면 어떤 비감스러운 그늘이 온 뜰에 내려앉은 듯하다. 쓰러진 나무 한 그루가 받침대에 기대어 누워 있다. 흔들리는 나뭇가지들은 평평한 흰 벽에 위아래로 제 그림자를 드리운다. 유쾌하고 평온한 근방의 공기와 무관하게 이 뜰에서는 나이팅게일이 노래했다. 열병과 고통이 다른 어디도 아닌 이곳에 서식하며 엄습하는 죽음과 단명하는 목숨과 사랑의 열정과 그 참담함에 짓눌린 채 좁은 풀밭을 서성댔다.

그러나 이 집 어딘가에 키츠가 각인을 남겼다면, 그것은 열병의 각인이 아니라 질서와 절제에서 나오는 명료함과 품위의 각인이다. 방들은 크지 않아도 맵시가 있고 뜰로 통하는 아래층 유리창은 벽 절반이 빛으로 채워져 보일 만큼 큼직하다. 창문 가까이 마주 보게 놓인 의자 두 개는 조금 전까지 누군가 앉아 책을 읽다가 일어난 자리 같다. 늘어진 나뭇잎들이 바람에 산들거리며 책 읽는 이의 몸 위에 햇빛과 그늘로 알록달록 무늬를 그렸을 것이다. 의자 둘을 제외하면 방은 거의 비어 있다. 키츠의 가구나 소지품이 몇 점 되지 않았고 소유한 책도 본인 말대로 많아야 백오십 권을 넘지 않았다. 그토록 여러 사람이 거쳐갔을 방에서 사람이 떠오르지 않는 건 아마 이 방들이 탁자와 의자 대신 빛과 그림자를 가구 삼아 비어 있는 탓이리라. 여기서도 분명 먹고 마시는 행위가 이루어졌을 테고, 사람들이 들고 나며 가방을 내려놓고 짐 꾸러미를 두었을 테고, 문지르고 치우며 산란함과 먼지에 맞서 전투를 치르고 지하실에서 침실까지 물통을 날랐을 텐데 전혀 그런 생각이 들지 않는다. 일상의 모든 통행이 잠잠하다. 이 집의 목소리는 바람에 스치는 나뭇잎의 목소리, 뜰에서 흔들리는 나뭇가지의 목소리다. 이곳에 거주하는 존재는 단 하나, 키츠 자신이다. 비록 벽마다 그를 담은 그림이 걸려 있지만, 키츠 역시 육신이나 발소리를 달지 않고 넉넉한 빛발에 실려 소리 없이 이곳에 찾아든다. 여기서 그는 창가 의자에 앉아 가만히 귀를 기울이고 잠잠히 눈길을 주며 그토록 짧은 생임에도 서두르지 않고 책장을 넘겼다.

데스마스크, 바스러질 듯한 노란 화환, 그 밖에 객지에서 이름 없이 요절한 키츠의 죽음이 떠오르는 섬뜩한 기념물들이 있음에도 이 집에는 담대한 침정의 기운이 감돈다. 창문 밖에서는 삶이 계속된다. 이런 차분함과 나뭇잎의 바스락거림 뒤로 저편에서 바퀴들의 덜컹거림이며 연못에서 막대기를 물어오는 개들의 짖음이 들린다. 나무 울타리 너머에서는 삶이 계속된다. 나이팅게일이 노래하던 나무와 풀밭의 출입문을 닫고 나오니 빨간 소형 화물차에 고기를 싣고 이웃집으로 배달 오는 고깃간 주인이 자연히 눈에 들어온다. 폭이 넓은 도로에서 무섭게 속도를 내곤 하는 성급한 운전자의 차량에 치이지 않도록 조심하며 큰길을 건너면 선 자리가 바로 언덕 꼭대기이고 발밑으로 런던의 전경이 펼쳐진다. 계절에 상관없이 언제 어느 때 보아도 번번이 마음을 사로잡는 풍경이다. 우뚝 솟은 돔 지붕, 도시를 수호하는 대성당, 굴뚝과 첨탑, 기중기와 가스탱크, 봄이든 가을이든 흩어질 새 없이 쉬지 않고 피어오르는 연기 등으로 촘촘히 짜인 혼잡한 도시 런던이 한눈에 들어온다. 아득한 옛날부터 런던은 그 자리를 지키고 앉아 대지를 점점 깊이 할퀴고 불안과 동요와 응어리를 키워 대지에 지울 수 없는 상흔을 남겼다. 도시의 뾰족탑에 번번이 꼬리가 걸린 연기 다발들이 중중첩첩 누운 도시를 물결치며 뒤덮고 있다. 팔러먼트 언덕에 서면 저 너머의 전원 또한 시야에 잡힌다. 더 멀리 건너편에는 숲에서 새들이 지저귀고 담비나 토끼가 앞발을 들고 멈춰 서서 숨소리조차 내지 않고 나뭇잎 바스락 소리에 귀를 기울이는 언덕들이 있다. 키츠 외에 아마 콜리지Samuel Taylor Coleridge와 셰익스피어도 이 자리에서 런던을 조망하려고 걸음을 했을 것이다. 그리고 지금 이 순간에도 이곳 벤치에는 여느 때와 다름없이 젊은 남녀가 서로를 끌어안고 앉아 있다.

칼라일 하우스의 부엌

수도원과 대성당

세인트폴 대성당[1]이 런던을 호령한다. 진부하지만 되
풀이하지 않을 수 없는 문장이다. 세인트폴은 멀리
서 보면 봉긋한 큰 회색 거품 같지만 가까이 다가갈

---

1 시티오브런던에서 지리적으로 가장 높은 러드게이트 언덕에 자리 잡고 있다.
604년에 처음 건축된 이래 런던과 역사를 같이하며 같은 자리에 무려 다섯
차례나 다시 지어졌다. 런던 도심의 고층빌딩 사이에서도 백십 미터 돔 지붕의
존재감이 당당하다. 세인트폴의 지하 묘지에는 영국 역사의 주요 인물들이
잠들어 있다.

수록 우리를 위협하며 거대한 그림자를 드리운다.
그러다 갑자기 사라진다. 세인트폴의 뒤, 아래 혹은
둘레에 있어 세인트폴이 보이지 않을 때 런던이 얼
마나 줄어들어 보이는지! 한때는 대학과 넓은 중정,
물고기 연못과 회랑 딸린 수도원이 있고 양들이 잔
디밭에서 풀을 뜯고 위대한 시인들이 여인숙에서 다
리를 뻗고 느긋하게 담소를 나누던 시절이 있었다.
지금은 이 모든 공간이 위축됐다. 노천이 사라지고
물고기 연못과 회랑도 사라졌다. 심지어 남자와 여
자도 오그라들어 개개인으로 가치 있게 실재하기보
다 미미한 다수가 돼버린 듯하다. 한때 셰익스피어
와 존슨[2]이 서로 얼굴을 맞대고 줄기차게 토론을 벌
이던 곳에서 이제는 무수히 많은 스미스 씨와 브라
운 양이 종종걸음하며 흔들리는 버스에 몸을 맡기

2 존슨Ben Jonson(1572-1636) 셰익스피어와 같은 시대에 활동한 영국의
시인이자 극작가.

고 지하철에 뛰어오른다. 그들은 너무 많고 너무 미미하고 너무 서로 비슷해 저마다 고유한 이름과 개성과 독립된 생활이 없는 사람들처럼 보인다.

거리를 벗어나 교구 성당에 들어서면 오늘날 산 자들이 누리는 공간과 죽은 자들이 누리는 공간의 차이가 뼈저리게 느껴진다. 때는 1737년, 하워드라는 이름의 남자가 사망해 세인트메리르보 성당에 안장됐다. 성당 한쪽 벽면 가득 그의 덕행이 낱낱이 기록돼 있다. "건전한 지성의 소유자로서 하느님을 닮은 위대한 덕목의 일상적인 행함에서 눈부신 두각을 나타냈다. …… 방탕이 만연한 시대에도 공명, 성실, 진리에 단호히 전념하였다." 사무실 하나가 들어서고 일 년 임대료로 수백 파운드를 요구할 만한 크기의 공간을 이 인물이 차지하고 있다. 오늘날 이 정도 무명 인사에게 할당되는 공간은 다른 수백 명들과 동일한 표준 크기 백석 한 장이 전부이고 하느님을 닮은 그의 위대한 덕목은 기록되지 않은 채로 남아야 한다. 다시 세인트메리르보 성당으로 돌아가면 모든 후세의 일원들이 걸음을 멈추고 한번 의식을 잃고 그 길로 '본보기가 되는 무결한 삶'을 향년 일흔아홉 살을 일기로 고통 없이 마감한 메리 로이드 부인의 사연을 기쁘게 음미하도록 요청받는다.

멈추고, 돌아보고, 음미하고, 행동을 삼가라. 이 옛 경구들이 늘 우리를 충고하고 타이르는 셈이다. 무명 시민들의 유골이 그토록 넓은 공간을 차지하고서 그들의 덕행에 그토록 주목하기를 당당히 요구할 수 있던 넉넉한 시절에 경탄하며 성당을 나서면 정작 눈앞의 광경은 이렇다. 거리에서 떠밀리며 서로 부딪칠세라 피해서 동동걸음하고, 빈틈없이 지름길을 질러가며, 자동차 코앞을 후다닥 뛰어가기 바쁘다. 그저 목숨을 부지하는 과정에 우리가 가진 온 에너지를 쏟아부어야 한다. 삶이고 죽음이고 생각할 겨를이 없다고 말하려는 찰나 세인트폴의 거대한 벽이 불쑥 앞을 가로막는다. 그새 더 차갑고 고요하고 짙어진 잿빛으로 나타나 우람한 산처럼 또 우리를 내려다본다. 그 안에 들어섬과 동시에 우리는 세인트폴이 하사하는 멈춤과 확장, 조급과 수고에서 놓여남의 과정을 경험한다. 세상 어느 건축물도 세인트폴의 위력을 넘어서지 못한다.

세인트폴의 장려함은 단순히 그 엄청난 크기와 무색의 평정에서 기인하는 바가 없지 않다. 이 경내에 들어서면 몸과 마음이 넓어지고 이 거대한 지붕 아래 햇빛도 램프 불빛도 아닌 둘 사이의 모호한 빛을 받노라면 몸과 마음이 확장되는 듯하다. 한 창으로 판판한 초록 빛살이 부서져 내리고 다른 창은 제 밑의 판석을 서늘한 연보랏빛으로 물들인다. 풍성한 빛줄기 하나하나 부드럽게 내려앉을 자리가 충분하다. 네모반듯한 너른 공간, 끄는 소리 부딪는 소

리가 끊임없이 메아리치며 공허한 울림을 내는 대성
당은 지극히 장엄하지만 신비로운 구석은 없다. 기
둥들 사이에 웅장한 침대처럼 묘들이 쌓여 있다. 이
곳은 위대한 정치가들과 활동가들이 화려한 의복을
갖춰 입고 물러나 시민들의 감사와 박수를 받는 엄
숙한 안식의 방이다. 의복에는 시민으로서의 관록
과 군인으로서의 긍지를 상징하는 성장星章과 가터
훈장이 그대로 달려 있다. 그들의 묘는 깨끗하고 단
정하다. 감히 녹이나 얼룩이 오점을 남기는 건 용납
되지 않는다. 심지어 넬슨 경[3]도 비교적 말쑥한 모습
이다. 고통으로 비틀린 존 던[4]의 형상과 그를 돌돌
감싼 대리석 수의의 주름마저 마치 석공의 작업장을

—

3 넬슨 경Horatio Nelson(1758-1805) 영국 해전 사상 가장 큰 공적을 세운
것으로 평가받는 해군 제독. 전장에서 한쪽 눈과 한쪽 팔을 잃은 그의 시신은
둥근 브랜디 통에 보관돼 세인트폴 대성당 지하 묘지에 안장됐다.
4 존 던John Donne(1572-1631) 사랑과 종교와 질병으로 고뇌하며 형이상학적
연애시와 종교시를 남긴 영국의 시인이자 성직자.

떠나온 지 하루밖에 지나지 않은 듯 보인다. 기실 고통 속에 이 자리에 서 있은 지 삼백 년이고 런던 대화재의 불길도 지나온 터인데 말이다. 그러나 이곳은 죽음과 죽음으로 인한 부패의 입장이 금지된다. 시민의 미덕과 시민의 위대함이 안전하게 안치된 장소다. 물론 부조로 장식된 육중한 문 위에는 죽음의 문을 통과해 부활의 기쁨으로 나아간다는 글귀가 새겨져 있다. 그런데 어쩐지 이 웅장한 출입구가 풍기는 느낌은 천상의 합창과 하프가 울려 퍼지고 영원히 시들지 않는 풀과 꽃이 만발한 들판으로 열릴 것 같지 않고, 우렁찬 트럼펫 소리와 깃발이 내걸린 엄숙한 대회의실과 화려한 홀로 통하는 대리석 계단이 펼쳐질 것 같다. 이 장엄한 건축물에는 수고와 고통과 희열이 들어설 자리가 없다.

웨스트민스터 사원보다 더 세인트폴 대성당과 현저히 대비되는 경우는 찾기 힘들다. 웨스트민스터는 드넓은 평온함과 거리가 멀다. 좁고 뾰족하고 낡았으며 쉼 없이 활기차게 들썩거린다. 서민들의 북새통, 와자지껄 평범한 거리에서 빠져나와 가장 고명한 남녀 인사들로 엄선된 단체의 근사한 집회에 발을 들인 기분이다. 안에서는 엄중한 비밀회의가 한창인 듯하다. 글래드스턴[5]이 먼저 앞으로 나오고 디즈레일리[6]가 뒤를 잇는다. 모퉁이마다 벽면마다 누군가 몸을 기대거나 귀를 기울거나 할 말이 있는 듯 상체를 내민다. 누워 있는 이들조차 당장이라도 일어날 기세로 주의를 집중한다. 양손은 초조하게 홀笏을 움켜쥐고 굳게 다문 입술은 잠시 침묵하며 두 눈은 잠간 생각에 잠긴 듯 살짝 감겨 있다. 이들을 정녕 망자라 할 수 있다면 최대한 충실한 삶을 영위한 망

—
5 글래드스턴William Gladstone(1809-1898) 자유당 당수와 총리를 역임한 영국의 개혁파 정치인.
6 디즈레일리Benjamin Disraeli(1804-1881) 재무장관과 총리를 역임하며 제국주의 정책을 옹호한 영국의 보수파 정치인.

자들이다. 고단한 얼굴에 콧대는 우뚝하고 뺨은 홀쭉하다. 수 세기 동안 격렬하게 삶을 고민한 탓에 오래된 기념비의 석재까지 쓸리고 까인 듯하다. 목소리와 오르간 소리가 지붕의 복잡한 돋을무늬 사이로 금속성의 진동을 울린다. 천장에 펼쳐진 촘촘한 석조 부챗살은 마치 잎을 모두 떨구어 금세라도 겨울철 돌풍에 흔들릴 헐벗은 나뭇가지 같다. 그러나 이런 강박함은 시시각각 변하며 엇갈리는 빛과 그림자로 아름답게 순화된다. 푸른빛, 금빛, 보랏빛이 알록달록 활기를 띠다가 희미해지며 흘러간다. 쉴 새 없이 바뀌는 빛의 잔물결 아래 유구한 잿빛 석재마저 생명이 있는 것처럼 변화한다.

이러한즉 웨스트민스터 사원은 죽음과 휴식의 장소가 아니다. 덕망가들이 덕행의 대가를 받으러 안치된 안식의 방이 아니다. 과연 이 망자들이 정녕 그들의 덕행 때문에 이 자리에 눕게 됐을까? 그들은

곧잘 폭력적이었고 잔인했다. 오직 고귀한 태생 하나
로 승격된 이들도 있다. 왕과 여왕, 공작, 왕자 들이
수두룩하다. 황금 왕관 위로 내리비친 빛줄기가 포
개진 예복 주름 사이에 오래도록 금빛으로 머문다.
왕실 문장과 그 문장을 받드는 사자와 유니콘이 여
전히 붉은빛 노란빛으로 형형하다. 물론 이곳에는
왕족보다 더 막강하고 위엄 있는 인물도 아주 많다.
존재의 의미를 여전히 숙고하고 여전히 사색하며 여
전히 질문하는 작고한 시인들이 이곳에 있다. "인생
은 농담이다. 세상만사가 그렇게 가리킨다. 한때는
그렇게 생각했고, 지금은 그것을 알고 있다."게이[7]
가 웃으며 말한다. 말끔히 면도하고 홍백의 가운을
말쑥하게 차려입은 성직자가 성서의 지침을 백만 번
째 읊조리는 동안 초서Geoffrey Chaucer, 스펜서Herbert

---

7 게이John Gay(1685-1732) 풍자와 유머로 당대 인기를 모은 영국의 시인 겸
극작가.

Spencer, 드라이든John Dryden을 비롯한 모든 문인이 여전히 정신의 긴장을 팽팽히 당기고 경청하는 듯하다. 성직자의 음성이 건물 안에 원숙하고 권위 있게 울려 퍼진다. 불경한 행동만 아니었어도 아마 글래드스턴과 디즈레일리는 방금 제기된 진술, 즉 자녀가 부모를 공경해야 한다는 진술을 당장 표결에 부치려 들었을 것이다. 이 근사한 집회의 일원들은 모두 지성과 자기 의지가 확고한 인물들이다. 하여 웨스트민스터 경내는 쉴 새 없이 고성들이 오간다. 단호한 몸짓과 인물들 특유의 자세가 경내의 평화를 깨뜨린다. 벽마다 발언과 주장과 실증이 들리지 않는 곳이 어느 한구석도 없다. 왕과 여왕, 시인과 정치인 공히 여전히 자기 역할을 수행 중이고 묵묵히 티끌로 사라지도록 허용되지 않는다. 불끈 쥔 주먹, 벌어진 입술, 한 손에는 보주寶珠, 다른 손에는 홀을 든 채 여전히 열띤 논쟁을 벌이며 그들은 평범한 인간 생활의 범람과 낭비를 초월한다. 마치 우리의 대표자가 되어 인간의 본성이 때로는 분주한 거리 일반 대중의 평범한 무질서를 뛰어넘어 격상할 수 있음을 증명하라고 우리가 그들의 등을 떠민 듯하다. 그들은 꼼짝없이 그 자리에 붙박인 채 찬란한 십자가 형벌을 감내하고 있다.

그렇다면 런던에서 어디를 가야 망자들이 안식에 들었다는 확신과 평화를 찾을 수 있을까? 따지고 보면 런던은 무덤의 도시다. 하지만 인간 생활이 절정과 급류로 치닫는 도시라는 점도 분명하다. 세인트클레먼트데인즈, 스트랜드 거리 한복판에 자리 잡은 저 거룩한 교회조차도 아주 소박한 시골 교회가 당연히 누리는 평화의 특전을 일찌감치 모두 박탈당했다. 눈물 흘리는 나무도 물결치는 풀들도 이곳엔 없다. 버스와 화물차들이 이 교회가 마땅히 누릴 몫을 앗아간 지 오래다. 교회는 바다와의 사이에 좁

디좁은 보도 갓돌만 덜렁 놓인 섬처럼 서 있다. 그 뿐 아니다. 세인트클레먼트데인즈는 산 자들을 위해 복무한다. 살아 숨 쉬는 두 인간의 행복을 위해 아마도 긴 세월 녹이 슬어 거칠어진 혀로 쩍쩍 갈라진 쉰 소리일지언정 한껏 높여 열렬히 참여한다. 결혼식이 진행 중이다. 세인트클레먼트데인즈의 환영 인사가 스트랜드 거리 저 아래까지 쩌렁쩌렁하다. 먼저 회색 바지 연미복 차림의 신랑 그리고 순결한 흰 드레스의 신부 들러리들을 맞이한다. 마지막으로 교회 현관 앞에 차가 서고 신부가 내려 반짝이는 백색 드레스 자락을 너울대며 어둑한 실내로 들어간다. 버스들의 굉음을 배경으로 신부가 결혼 서약을 하는 사이, 밖에서는 놀란 비둘기들이 둥근 원을 그리며 날아가고 글래드스턴 동상 앞은 갈매기가 모여든 바위처럼 열심히 고갯짓 손짓을 해대는 관광객들로 혼잡하다.

도시 전체에서 유일하게 평화로운 장소는 아마 정원과 놀이터가 된 옛 묘지들일 것이다. 묘비는 더 이상 무덤을 표시하는 기능을 하지 않고 벽을 따라 흰 명판들을 줄지어 세운다. 묘지 곳곳에 정교하게 조각된 무덤이 정원의 장식이 돼준다. 꽃들이 잔디를 환히 밝히고 나무 밑 벤치들은 아이들이 안전하게 굴렁쇠를 굴리거나 사방치기 놀이를 하는 동안 엄마들과 보모들에게 앉을 자리를 제공한다. 여기라면 앉아서 『파멜라』[8]를 처음부터 끝까지 읽어볼 만하다. 여기라면 젊음의 동요나 노년의 서글픔을 절절해하지 않고 그저 앉아 이른 봄날이나 늦은 가을날을 꾸벅꾸벅 졸며 보낼 만하다. 여기는 망자들이 아무것도 증명하거나 증언하거나 주장하지 않고 평온히 잠든 곳이니 말이다. 그저 죽은 이의 유골이

---

8 『파멜라Pamela』영국 작가 새뮤얼 리처드슨Samuel Richardson이 1740년에 발표한 소설.

주는 평화를 만끽하라고 우리에게 일러줄 따름이다. 그들은 고유한 이름이나 덕망의 권리를 기꺼이 포기했다. 그래도 불평할 이유가 없다. 정원사가 구근을 심고 잔디 씨를 뿌리면 다시 꽃이 피어나고 탄력 있는 초록 잔디밭이 땅에 펼쳐진다. 여기서 엄마들 보모들이 수다를 늘어놓고 아이들이 뛰놀며 거지 노인은 종이봉투에 담긴 음식으로 저녁을 먹은 뒤 부스러기를 참새들에게 뿌려준다. 이 정원 묘지들이야말로 런던의 안식처들 가운데 가장 평화롭고 망자들이 가장 고요히 누운 곳이다.

세인트폴 대성당

하원의사당

하원의사당 밖에는 훌륭한 정치인들의 동상이 서 있다. 물에서 갓 올라온 바다사자처럼 까맣고 매끈하게 윤이 나는 동상들이다. 바람이 들이치고 소리가 반향하는 국회의사당 홀은 경관에게 허가증을 받는 사람들, 의원들을 보고 다가가서 질문하는 사람들, 인솔교사 뒤를 바짝 따르며 고개를 끄덕이고 웃음을 터뜨리는 무리들, 전갈을 전하는 사람들, 문서와 서류가방을 들고 분주히 회전문을 통과하며 바쁜 업무의 전형을 보여주는 사람들까지 통행이 멈추지 않는다. 이 홀에도 동상이 있다. 글래드스턴, 그랜빌 공작[1], 존 러셀 경[2]의 백색 동상들이 분주하고 떠들썩하며 익숙한 장면들을 백색의 눈으로 응시하고 있다. 그들 역시 이 장면의 일부이던 것이 그리 오래전 일은 아니다.

하원의사당은 숭엄하고 예스럽거나 음률과 격식을 갖추는 느낌을 찾아볼 수 없다. 걸걸한 목소리가 "의장 입장!" 하고 외치면 뒤이어 저벅저벅 발걸음 소리와 함께 소박하고 평범한 행렬이 등장한다. 이 행렬에서 그나마 위엄을 과시하는 것은 지휘봉과 의장의 가발과 가운 그리고 수석 사환들의 금빛 배지 정도다. 걸걸한 목소리가 다시 "일동, 모자 탈의!"

—
1 그랜빌 공작John Carteret, 2nd Earl Granville(1690-1763) 영국 정치인.
2 존 러셀 경Sir John Russell(1792-1878) 영국 정치인.

하고 외침과 동시에 거무칙칙한 펠트 모자들이 고분고분 들썩여지고 수석 사환들이 허리를 깊숙이 굽혀 절을 한다. 그러곤 끝이다. 그런데 어쩐지 저 걸걸한 목소리, 검정 가운, 돌에 부딪는 발소리, 지휘봉, 거무칙칙한 펠트 모자들이 귀족들의 주홍 예복과 트럼펫 소리보다 나은 듯하다. 하원의원들이 조국의 통치 업무를 진행하기 위해 의사당에 착석하고 있음을 알려주는 의미로 말이다. 역사적 과정은 분명하지 않지만 어떻든 우리 평민들이 이 정치적 권리를 획득해 보유해온 지 수 세기다. 저 지휘봉이 우리의 지휘봉이고, 저 의장이 우리의 의장이다. 우리 자신의 하원의사당에 우리의 대표를 입장시키는 데 트럼펫이나 주홍 금색 예복은 필요치 않다.

내부에서 바라보는 하원의사당은 확실히 고귀하거나 웅장하기는커녕 품위와도 거리가 멀다. 크지도 작지도 않은 여느 공회당과 다를 바 없이 번들거리고 볼품없다. 참나무 목재는 으레 노랗게 칠해 있고 유리창에는 으레 보기 흉한 문장들이 그려져 있다. 바닥은 으레 붉은 매트가 줄줄이 깔려 있고 벤치는 으레 실용적인 가죽이 씌워져 있다. 어디를 쳐다보든 '으레 그렇다'는 소리가 따라 나온다. 어수선하고 격식을 찾아보기 힘든 의회장이다. 흰 종이는 노상 몇 장씩 펄럭이며 바닥에 떨어지고 사람들은 쉬지 않고 들락거린다. 남자들은 어깨 너머로 소곤소곤 뒷담과 농담을 주고받고 회전문은 멈출 새 없이 계속 돌아간다. 덮개 씌운 섬처럼 중앙에 위치한 통제와 위엄의 의장석까지도 태평스러운 의원 몇몇이 걸터앉아 마음 놓고 회의록을 흘끔거리도록 자리를 내준다. 지휘봉을 걸쳐둔 탁자 모서리에 다리를 기대는 이들도 있다. 탁자 양쪽에 하나씩 놓인 놋쇠 테두리 함 안에 고이 잠자는 기밀들도 이따금 찔러대는 발끝을 피하지 못한다. 내려갔다 올라갔다 앉았다 움직였다 하는 하원의원들의 모습에서 쟁기로 갈아놓은 긴 땅에 내려앉는 한 떼의 새들이 연상된다. 새들은 이삼 분 넘도록 앉아 있는 법이 없다. 항상 일부는 날아가 버리고 일부는 다시 내려와 앉는다. 모여 있는 새떼에게서 지절지절 깍깍 소리가 올라온다. 즐겁게 옥신각신하다가 간혹 씨앗이나 벌레, 낟알이라도 발견하면 활기를 더한다.

속으로 이렇게 엄중히 되뇔 필요가 있다. '여기는 하원의사당이다. 여기서 세계의 운명이 바뀐다. 이 자리에서 글래드스턴과 파머스턴[3]과 디즈레일리가 투쟁했다. 이 사람들이 우리를 통치한다. 우리는 매일 그들의 지시를 따른다. 우리의 지갑이 그들 손에 맡겨져 있다. 하이드파크에서 우리가 차량을 운전할 때 속도를 결정하는 것도 그들이고, 우리가 전

---

3 파머스턴Henry John Temple Palmerston(1784-1865) 외무장관과 총리를 역임한 영국 정치인.

쟁을 할지 평화를 지킬지 결정하는 것도 그들이다.'
우리 스스로 자꾸 상기해야 한다. 그냥 봐서는 그들
도 다른 사람들과 크게 다르지 않기 때문이다. 옷차
림의 수준은 비교적 높은 편이라 하겠다. 이제는 경
시하는 화려한 실크 모자지만 아직도 영국에서 사
라지지 않았음을 이곳에서 확인할 수 있다. 멋들어
진 주홍 부토니에르[4]도 여기저기서 눈부시게 빛난
다. 다들 섭식 수준과 교육 수준이 높다는 점도 의
심할 여지가 없다. 하지만 그들의 수다와 웃음소리,
왕성한 혈기와 조급함과 불손함을 보면 교구 사업을
논하거나 우량 소를 선정하러 모인 여느 시민들의
집단에 비해 이들이 눈곱만큼도 더 현명하거나 더
기품 있고 덕망 있어 보이진 않는다. 이 점은 부인할
수 없다.

—
4 윗옷 깃의 단춧구멍에 꽂는 꽃 장식.

그래도 미묘한 차이가 있지 않을까 하는 의심이 조금씩 고개를 든다. 우리는 하원을 모종의 인격체로 생각한다. 오랜 세월 존재해왔고 고유한 법령과 인허가 권한을 보유한다. 나름의 방식이 있어 불경하기도 하고 나름대로 정중하기도 하다. 어떻든지 하원에는 자체의 관례가 있다. 이 관례를 무시하는 사람들은 무자비한 징계를 받고 관례에 따르는 이들은 쉽게 용인된다. 그러나 무엇을 비난하고 무엇을 용인할지는 오직 하원의 비밀을 쥔 자들만 결정할 수 있다. 확신할 수 있는 건 비밀이 있다는 사실 정도다. 우리의 위치가 아무리 높더라도 격식을 무시하는 분위기가 팽배하고 우리를 지배하는 관리자가 이 분위기를 좇아 다리를 꼬고 앉아 무릎에 메모를 휘갈기는 인물이라면, 우리가 무슨 말을 하든 경솔이 지나치거나 진중이 지나쳐 까딱하면 말을 그르치기 십상임도 잘 안다. 덕망과 지력과 용기를 갖추

었어도 다른 무엇, 말로 설명하기 힘든 어떤 자질이 결여돼 있으면 이곳에선 성공을 장담할 수 없다.

그런데 의회 광장을 떠올려보면 의문이 든다. 이 차림새 단정하고 유능한 신사들이 과연 어떤 식으로 동상으로 변모하게 될까? 글래드스턴이나 피트[5], 파머스턴까지만 해도 동상으로의 변신이 지극히 수월했다. 하지만 볼드윈[6] 씨를 보라. 그는 돼지를 치는 시골 신사의 모습 그대로다. 그런 그가 어떻게 동상 대좌에 올라 점잖게 검정 대리석을 몸에 두르겠는가? 오스틴 경[7]의 실크 모자 정도로 광채를 내지 못하면 그를 동상으로 제대로 표현하기는 불가

---

5 피트William Pitt(1708-1778) 식민지에 주둔한 영국 군대 철수에 반대하는 국회연설 도중 사망한 영국 정치인.
6 볼드윈Stanley Baldwin(1867-1947) 영국 보수당 정치인.
7 오스틴 경Sir Joseph Austen Chamberlain(1863-1937) 로카르노조약을 맺는 데 공헌해 노벨평화상과 가터훈장을 받은 영국 정치인.

능하다. 헨더슨[8] 씨는 체질적으로 대리석의 창백한 엄격함과 상극인 듯 보인다. 의사당에 서서 질의에 답변하는 동안 그의 흰 피부는 빨갛게 상기되고 노란 머리는 방금 젖은 빗으로 빗어 넘긴 듯한 모양새가 되니 말이다. 조위트 경[9]은 멋 부린 나비넥타이를 떼면 여왕의 부군 스타일로 흉상을 제작해봄 직하다. 램지 맥도널드[10]는 사진사들 말마따나 '이목구비가 뚜렷'해서 광장의 대리석 의자 하나를 차지한대도 눈에 띄게 우스꽝스럽지는 않겠다. 그러나 그 외 인물들이 대리석으로 변모하는 모습은 상상하기 힘들다. 변덕스러운 표정, 무례한 태도, 개성 없는 용모, 들창코, 붉고 처진 목, 시골 지주, 변호사, 사업가

—
8 헨더슨Arthur Henderson(1863-1935) 제네바군축회의 의장으로 활약해 노벨평화상을 수상한 영국 정치인.
9 조위트 경Sir William Jowitt(1885-1957) 영국 정치인.
10 램지 맥도널드Ramsay MacDonald(1866-1937) 영국 노동당을 창설한 정치인.

등등이 이들의 특출한 자질과 크나큰 장점으로 꼽
힌다는 건 더 이상 영국의 네 왕국 어디에서도 정상
적이고 용모 단정한 보통의 인간 집합을 찾을 수 없
다는 사실에서 연유한다. 번뜩이는 눈, 둥근 눈썹,
예민하고 섬세한 손은 이제 하원의사당에 어울리지
도 적합하지도 않아 보인다. 이상한 사람이 나타났
다며 이곳의 씩씩한 참새들이 우르르 덤벼들어 죽어
라 쪼아댈지 모른다. 총리가 그들에게 얼마나 무례
한 대접을 받는지 보라. 강에서 노를 젓다 온 품새의
풋내기 앞에서 질의와 반대심문에 응해야 하고 웨스
트민스터에 오기 전에 상점에서 설탕을 달아 팔았을
법한 말씨의 땅딸막한 사내에게 야유를 들어야 한
다. 양쪽 모두 일말의 경외심이나 존경심을 보이지
않는다. 조만간 총리의 동상을 세운다 한들 이 무례
한 하원의원들이 신격화에 가담할 리도 없다.

　아까부터 내내 빗발치던 질의와 응답의 포화가

이제야 멎었다. 외무장관이 자리에서 일어나 타이프 친 종이를 몇 장 들고 독일과의 불화에 관한 성명서를 분명하고 단호하게 읽어나간다. 지난 금요일 외무부에서 독일 대사를 만난 자리에서 이러저러하게 이야기한 바 있으며, 월요일에는 파리로 건너가 브리앙[11] 씨를 만나 이러한 사항에 합의하고 저러한 의견을 제시했다. 이보다 더 단순하고 심각하며 사무적인 성명은 상상하기 힘들다. 단호하고 단도직입적인 성명이 이어지는 사이 정부 각료석은 마치 거친 돌덩어리가 우뚝 버티고 선 것 같다. 독일과 우리의 관계를 설명하려고 애쓰는 외무장관의 말을 듣고 있자니, 이 평범한 외모의 사무적인 사람들이 책임져야 할 행위가 있고 이 행위는 그들의 붉은 뺨과 실크 모자와 체크무늬 바지가 먼지로 사라진 뒤에도

—
11 브리앙Aristide Briand(1862-1932) 전후 독일을 국제연맹에 가입시키는 데 앞장선 프랑스 정치인.

두고두고 남을 것임이 새삼 명백해 보인다. 국민의 행복과 국가의 운명에 영향을 미치는 중대 사안들이 지금 이곳에서 이 평범한 인간들을 한창 깎아 새기는 중이다. 보통의 인간이라는 원료 위로 거대한 기계의 각인이 내리눌린다. 기계도 기계의 각인이 찍힌 인간도 아무런 꾸밈이나 특색이나 인간성을 담고 있지 않다.

외무장관이 사실을 조작하던 시절이 있었다. 사실을 주무르고 다듬고 온갖 기교와 수사를 동원해 자신이 결정한 대로 대중의 눈에 비치게끔, 그리하여 대중에게 자신의 의지가 관철되게끔 만들던 때가 있었다. 그는 작은 차, 집 한 채 그리고 동네 공원에서 자녀들과 골프를 치며 놀아줄 반나절 휴가가 절실한 보통의 근면한 사업가가 아니었다. 총리가 자기 역할에 걸맞게 복장을 갖추던 시절도 있었다. 맹렬한 비난과 장황한 연설이 난무했다. 사람들을 설득하고 속이고 우롱하는 일이 다반사였다. 피트의 호통과 버크[12]의 숭고함처럼 개별성의 표출이 허용되던 시절이다. 지금은 인간사의 부담을 어느 한 개인이 견딜 수 없다. 인간사가 개인을 압도해 그의 흔적을 지워버린다. 그러고는 아무 특징도 없는 익명의 도구로 전락시킨다. 일의 수행은 개별자의 손을 떠나 위원회의 손으로 넘어갔다. 위원회 역시 설명하고 재촉하고 다른 위원회에 떠넘기는 역할밖에는 하지 못한다. 인격의 복잡함과 고상함은 업무를 방해하는 걸림돌이다. 제일 필요한 건 신속한 일 처리다. 매주 부두에 정박하는 선박이 천 척에 이르는 만큼 하원의사당의 평결이 필요한 쟁점들이 하루에도 수천 건씩 밀려들지 않겠는가? 그러니 앞으로 세워질 동상들은 갈수록 단순하고 획일적이며 특색을 잃어

---

12 버크Edmund Burke(1729-1797) 영국 보수주의 정치철학의 기틀을 확립했다고 평가받는 정치인이자 정치사상가.

갈 것이다. 이제는 글래드스턴의 옷깃이며, 디즈레일
리의 곱슬머리, 파머스턴의 지푸라기 따위를 기록하
지 않고 그저 전투를 기념해 황무지 꼭대기에 화강
암 받침돌을 얹듯 동상을 세우리라. 단독 인물과 개
인 권한의 시대는 끝났다. 더 이상 재치와 독설과 격
분을 요구하지 않는다. 맥도널드 씨는 하원의사당의
소수 청중이 아니라 공장, 상점, 아프리카 초원의 농
장, 인도의 마을 등지에 있는 남녀 대중을 향해 연
설한다. 그의 청중은 여기 앉아 있는 사람이 아니라
도처의 만인이다. 그의 발표문에 담긴 명확성, 심각
성, 단순한 비인격성이 여기서 비롯된다. 그렇다면
작은 개별 동상의 시대가 끝나고 왜 건축의 시대가
열리지 못하는 걸까? 하원의사당을 나서면서 자연
히 드는 의문이다. 출구를 향해 걸으며 우리는 웨스
트민스터 홀의 엄청난 위엄에 눌린다. 조그마한 남
자들 여자들이 소리 나지 않게 바닥을 이리저리 돌

아다니고 있다. 그들은 아주 왜소해 일견 측은해 보이기도 한다. 하지만 웅대한 돔 지붕의 곡선과 거대한 기둥의 원경遠景 아래 놓고 보면 숭엄하고 아름답기도 하다. 차라리 웅장한 대성당의 이름 없는 작은 짐승이 돼도 좋겠다. 그러니 세상이 찬란한 홀이 되도록 다시 지어보자. 동상을 세워 불가능한 덕행을 새기는 일은 그만하자.

과연 홀을 짓는 민주주의가 동상을 조각하는 귀족계급을 능가할지 지켜보자. 그런데 지켜선 경관들이 아직도 셀 수 없이 많다. 문마다 파란 옷의 거한이 버티고 서서 너무 급히 민주주의를 서두르지 못하도록 지키고 있다. "입장 시간은 매주 토요일 열 시부터 열두시 까지입니다." 이런 공지가 우리가 꿈꾸는 진보를 저지한다. 타성에 젖어 오염된 머릿속에 특히 들이지 말아야 할 경향이 있다. 걷다가 문득 '여기가 찰스 1세가 사형선고를 받을 당시 서 있던 자리고, 여기는 에섹스 백작[13] 그리고 가이 포크스[14]와 토머스 모어 경[15]도 있었지' 하며 생각에 빠지는 경향 말이다. 아무래도 우리의 정신은 허공을 비행하다 어느 눈에 띄는 콧날이나 떨리는 손끝에 내려앉기를 즐기고 번뜩이는 눈과 둥근 눈썹, 비범하고 특별하고 뛰어난 인간을 사랑하는 듯하다. 그러니 민주주의가 오기를 소망하되 앞으로 백 년 뒤 우리가 땅속에 누워 있을 즈음에나 오기를. 아니면 어느 놀라운 천재의 솜씨로 거대한 홀과 작고 특별하고 개별적인 인간, 이 둘이 결합하는 날이 오기를 소망하자.

—

13 에섹스 백작Earl of Essex(1566-1601) 엘리자베스 1세 재위기에 정복전쟁에 앞장서다 후에 대역죄로 참수당한 귀족 출신의 영국 군인.
14 가이 포크스Guy Fawkes(1570-1606) 제임스 1세의 카톨릭 탄압에 저항해 의회의사당 폭발을 기도하다 붙잡혀 처형된 영국인.
15 토머스 모어 경Sir Thomas More(1478-1535) 『유토피아』를 저술한 영국의 법조인이자 정치인으로 헨리 8세의 개종에 반대하다 반역죄로 처형됐다.

어느 런던 사람의 초상

진정한 런던 토박이를 한 사람도 모르면 런던을 안다고 말할 수 없다. 상점과 극장을 벗어나 골목으로 접어들어 개인 주택이 늘어선 거리의 어느 집 문을 두드리지 못하면 런던을 안다고 말할 수 없다.

런던의 개인 주택들은 대개 대동소이하다. 문을 열면 컴컴한 현관이 나타나고 컴컴한 현관에서부터 좁은 층계가 시작된다. 층계참 맞은편으로 두 칸 크기 응접실이 펼쳐지고 이 두 칸 응접실에는 불 피운 난로를 사이에 두고 양쪽에 소파 둘, 안락의자 여섯 그리고 거리를 면한 긴 창문 셋이 자리한다. 다른 집의 뜰이 내다보이는 응접실 뒤편 반쪽에서 무슨 일이 벌어지는지 종종 추측이 무성하다. 그러나 지금 우리의 관심사는 앞쪽 응접실이다. 크로 부인이 늘 앉던 자리가 앞쪽 응접실 난로 옆 안락의자였으므로. 그곳이 부인이 실재하는 자리였고 부인이 차를 따르던 자리였다.

부인이 시골 태생이라는 건 조금 낯설지만 사실인 것 같다. 때때로 런던이 런던이기를 멈추는 여름 몇 주 동안 부인이 런던을 떠나 있던 것도 사실이다. 하지만 런던을 벗어나 있을 때, 부인의 의자가 비고 난롯불이 꺼지고 식탁이 차려지지 않을 때 부인이 어디에 가서 무엇을 하는지 아무도 짐작하거나 알지 못했다. 평소처럼 검정 드레스에 모자와 베일을 쓴 크로 부인이 순무밭을 거닐거나 소들이 풀 뜯는 언덕을 오르는 상상은 엉뚱하기 그지없다.

그 자리, 겨울에는 난로 옆 여름에는 창문 옆 한 자리에 부인은 예순 해를 앉아 있었다. 그러나 혼자는 아니었다. 언제나 찾아오는 이가 있어 맞은 편 안락의자에 앉았다. 그리고 첫 방문객이 자리에 앉은 지 채 십 분이 지나지 않아 어김없이 눈과 치아가 돌출된 용모의 가정부 마리아가 육십 년 동안 해온 대로 역시나 문을 열고 두 번째, 세 번째, 다시 네 번째 손님의 방문 소식을 전했다.

크로 부인과의 밀담에 대해서는 알려진 바가 없었다. 부인은 밀담을 좋아하지 않았다. 어느 한 사람과 각별히 친밀하지 않은 점은 손님맞이가 잦은 다수 안주인과 부인이 공유하는 특성이었다. 이를테면 장식장 옆 구석 자리를 한결같이 지키고 선 나이지긋한 사내가 있었는데, 그로 말할 것 같으면 그

훌륭한 18세기의 황동 장식만큼이나 이 가구와 한 몸이라 여겨지는 인물이었다. 그와 육십 년 지기임을 상기라도 하듯 이따금 '친애하는 미스터 그레이엄'이라 부르기도 했지만, 부인이 그를 부르는 호칭은 존이나 윌리엄이 아니라 언제나 '미스터 그레이엄'이었다.

사실 크로 부인이 원한 것은 친밀함이 아니었다. 부인은 대화를 원했다. 친밀함은 으레 침묵을 불러오기 마련이고 침묵이야말로 부인이 질색하는 바였다. 모름지기 대화가 이어져야 하고 대화는 보편적이면서 세상만사를 두루 다뤄야 했다. 너무 깊이 들어가도 안 되고 너무 똑똑해도 안 되는 것이, 이런 방향으로 멀리 가다 보면 틀림없이 누군가 소외감을 느끼고 입을 꾹 다문 채 자리에 앉아 찻잔만 만지작거리는 경우가 생기기 때문이었다.

그런 까닭에 크로 부인의 응접실은 회고록 작

가들이 모이는 유명한 살롱들과 전혀 달랐다. 판사, 의사, 의회 의원, 작가, 음악가, 여행가, 폴로 선수, 배우, 별 볼 일 없는 사람에 이르기까지 똑똑한 인물들도 자주 드나들었지만 누구든 너무 훌륭한 말을 하는 건 예의에 어긋나는 행동으로 치부해 음식을 먹다 발작하듯 재채기가 터지는 참사처럼 못 본 척 넘어가는 사건이었다. 크로 부인이 좋아하고 북돋운 이야기는 항간의 풍문을 미화한 수다였다. 런던이라는 항간에 떠도는 런던 세상살이에 관한 풍문이랄까. 그런데 크로 부인에게는 이 거대한 메트로폴리스를 교회 하나, 영주의 저택 하나, 농가 스물다섯 채 정도의 작은 마을처럼 보이게 만드는 대단한 재주가 있었다. 모든 연극, 모든 전시, 모든 재판, 모든 이혼소송에 관해 부인은 직접 들은 정보를 보유했다. 누가 결혼하고 누가 죽어가며 누가 런던으로 돌아오고 누가 나갔는지 모두 파악하고 있었다. 부인의 이야기는, 조금 전 레이디 엄플비의 승용차가 지나가는 걸 봤다며 사실을 언급하고 간밤에 아기를 출산한 따님을 만나러 가는 길이 아니겠냐며 넌지시 추측을 던지는 식이었다. 대지주의 부인이 차를 몰고 기차역으로 향하는 이유가 도시에서 돌아올 존 씨를 만나기 위해서라는 여느 시골 아낙의 수다와 별로 다르지 않았다.

지난 오십 년 가까이 이렇게 관찰해오다 보니 부인은 타인의 삶에 대해 어마어마한 양의 정보를 비축하기에 이르렀다. 예를 들어 스메들리 씨로부터 딸이 아서 비첨과 약혼했다는 말을 들으면, 크로 부인은 대번에 따님이 파이어브레이스 부인의 육촌이 되고 번스 부인의 첫 결혼 상대가 블랙워터 그랜지의 민친 씨였으므로 번스 부인의 조카뻘이 되는 셈이라고 정리했다. 그렇다고 크로 부인이 잘난 체하는 속물은 결코 아니었다. 부인은 단지 계보를 수집하는 사람으로서 이 방면에 탁월한 기량을 발휘해 모인 손님들에게 가족과 친척 촌수를 알려줄 뿐이다. 몰라서 그렇지 이십촌쯤 건너 건너 촌수로 엮이는 사람들의 숫자는 깜짝 놀랄 만큼 많으니 말이다.

이런즉 크로 부인의 자택에 출입하려면 이 사교모임의 일원이 돼 연간 회비로 상당수의 풍문거리를 납부해야 했다. 어느 집에 불이 나거나 수도관이 파열되거나 가정부가 집사와 도주하거나 하면 '얼른 들러 크로 부인에게 말해줘야겠다'라는 생각이 제일 먼저 머리를 스치는 사람들이 꽤 많았다. 그러나 이때에도 지켜야 할 구분이 있었다. 어떤 이들은 점심 무렵 들를 수 있는 권리가 주어진 한편 어떤 이들은 반드시 다섯 시에서 일곱 시 사이에 방문해야 했는데, 후자에 해당하는 사람들의 수가 가장 많았다. 크로 부인과 함께 식사하는 특권을 누리는 부류는 극히 소수였다. 부인의 생활이 부유하지 않던 까닭에 아마 실제로 부인과 함께 식사한 사람은 미스터 그레이엄과 버크 부인이 전부였을지 모른다. 부인은 다소 초라한 검정 드레스에 늘 똑같은 다이아몬드 브로치를 착용했다. 가장 즐기는 식사는 티타임이었다. 티테이블은 경제적인 차림이 가능하고 부인의 사교적인 성향에 걸맞은 탄력성이 느껴진다. 그러나 드레스와 장신구가 부인에게 완벽하게 어울리고 나름의 스타일이 있듯 부인의 식사 역시 그것이 점심이든 티타임이든 항상 뚜렷한 개성이 담겼다. 특별한 케이크나 특별한 푸딩 또는 무언가 이 집 고유의 것, 나이 든 가정부 마리아나 오랜 친구 미스터 그레이엄처럼 혹은 의자에 씌운 낡은 친츠 옷감이나 바닥에 깔린 낡은 카펫처럼 이 집의 일부라 할 수 있는 무엇이 테이블에 올라오곤 했다.

크로 부인이 이따금 바람을 쐬기도 하고 다른 사람들의 오찬이나 티타임에 손님으로 등장한 것도 사실이다. 그러나 바깥 사회로 나가면 부인은 속내를 알 수 없고 파편적이고 불완전해 보였다. 마치 자기 곳간을 채우는 데 필요한 부스러기 소식을 주워 담으려고 남의 결혼식이나 파티나 장례식을 기웃대는 사람처럼. 그래서 부인은 착석을 권유받는 일이 드물었고 늘 배회했다. 타인의 식탁과 타인의 의자는 부인이 있을 자리가 아닌 것 같았다. 자신의 친츠 의자, 자신의 장식장, 그 옆에 자신의 미스터 그레이엄이 있어야 비로소 부인은 완벽하게 자기 자신이 될 수 있었다. 시간이 지나면서 바깥세상으로의 이런 짧은 진출은 사실상 중단됐다. 부인의 둥지가 이미 빈틈없이 촘촘하게 완성돼 바깥세상의 깃털이나 잔가지를 보태야 할 필요가 없었다. 게다가 더없이 충실한 벗들이 있으니 새로이 추가할 소소한 소식거리는 그들이 맡아 전해주리라 믿으며 지냈다. 겨울에는 난로 옆 여름에는 창문 옆인 본인 의자를 부인이 굳이 벗어날 까닭이 없었다. 그렇게 세월이 흐를수록 부인의 지식은 본래 심오함을 추구하지 않았으니 더 심오해지지 않는 대신 더 포괄적이고 더 완전해졌다. 해서 만약 새로운 공연이 초연에 성공을 거두면 크로 부인은 바로 다음 날 무대 뒤에 얽힌 흥미진진한 소문을 간간이 얹어 거론하는 것은 물론이려니와 1880년대나 1890년대의 다른 초연들을 회상하며 엘렌 테리[1]가 무슨 옷을 입었고 엘레오노라 두세[2]가 어떤 행동을 했으며 친애하는 헨리 제임스 씨가 어떤 말을 남겼는지 묘사하기에 이르렀다. 딱히 대단한 사건들이 아니었어도 부인의 입을 거치면 마치 지난 오십 년간 런던 생활사의 장면들이 재미난 볼거리로 눈앞에 펼쳐지는 것 같았다. 이야깃거리가 넘쳤고 유명인사들도 등장해 장면 하나하나

---

1 엘렌 테리Ellen Terry(1847-1928) 영국 배우.
2 엘레오노라 두세Eleonora Duse(1858-1924) 이탈리아 배우.

가 눈부시게 선명했다. 그러나 크로 부인은 결코 과거에 안주하지 않았다. 부인은 어떤 경우에도 과거를 현재보다 우위에 두지 않았다. 오히려 가장 중요한 건 언제나 마지막 장면, 현재의 순간이었다. 런던이 즐거운 한 가지 이유는 늘 새로운 볼거리와 신선한 얘깃거리를 안겨준다는 점이었다. 그러니 그저 눈을 크게 뜨고 매일 저녁 다섯 시부터 일곱 시까지 자기 자리를 지키고 앉아 있기만 하면 될 일이었다. 그렇게 자기 의자에 앉아 손님들에 둘러싸여 있으면서도 부인은 문득문득 어깨너머 창문으로 새처럼 빠른 눈길을 던지곤 했다. 마치 눈이 반쯤 거리에 가 있는 사람처럼, 창 밑으로 지나가는 승용차와 버스와 신문팔이 소년들의 외침에 귀를 반쯤 열어둔 사람처럼. 이유야 물론 지금 이 순간에도 뭔가 새로운 일이 벌어지고 있을지 모르기 때문이다. 너무 많은 시간을 과거에 할애해도 안 되고 모든 관심을 현재에만 쏟아서도 안 되는 법이다.

어느덧 살이 많이 찌고 귀가 살짝 어두워진 마리아가 도중에 문을 열고 새 손님의 도착을 알릴 때면 부인은 이야기를 중단하고 고개를 드는데, 이때 부인의 열의만큼 좀 당혹스럽지만 부인을 잘 말해주는 특징을 찾아보기 힘들었다. 이번에는 누가 들어오려나? 어떤 소식을 들고 와서 대화에 보태주려나? 그러나 손님이 무엇을 들고 오든 그것을 뽑아내는 부인의 능숙한 솜씨가 있고, 그것을 공통의 이야기장 안에 던져 넣는 부인의 탁월한 기술이 있으니 해될 일은 없었다. 다행히 문이 빈번히 열리지 않는다는 점도 부인이 일궈낸 독특한 성취라면 성취라 하겠다. 모임이 한 번도 부인의 손을 벗어날 만큼 커지지 않았으니 말이다.

그런즉 런던을 단순히 멋진 구경거리로, 시장과 궁과 산업의 중심지로 알지 않고 사람들의 만남과 대화, 결혼과 죽음, 글과 그림과 공연, 통치와 입법이 이뤄지는 장소로 이해하려면 꼭 크로 부인을 알고 지내야 했다. 부인의 응접실에서라면 이 거대한 메트로폴리스의 무수한 파편들이 하나로 합쳐져 비로소 납득이 되고 호감이 가는 생생한 유기체로 거듭나는 듯했다. 여러 해 동안 떠나 있던 여행자들, 인도나 아프리카 혹은 맹수와 야만인이 득실대는 외딴 모험지에서 방금 돌아온 형편없는 몰골의 사내들이 다시 문명의 품으로 성큼 들어서기 위해 이 조용한 거리의 소박한 집으로 직행한 것도 이런 까닭이었다. 그러나 제아무리 런던이라고 해도 크로 부인을 영원히 살게 할 힘은 없었다. 결국 시계가 다섯 시를 울려도 크로 부인이 난로 옆 안락의자에 앉지 않고 마리아가 문을 열지 않으며 미스터 그레이엄이 장식장 옆을 지키지 않게 되는 날이 왔다. 크로 부인은 세상을 떠났고 런던은, 아니 비록 런던이 여전히 존재하더라도 다시는 예전과 같은 도시가 아닐 것이다.

16세기에 지어진 런던 홀번의 스테이플 인 1936년

도시 산책자, 버지니아 울프

"어제는 아주 보람 있는 하루였다. 글 쓰고 산책하고 책을 읽었다." (1934. 8. 30 일기에서)

버지니아 울프를 사랑하는 많은 독자들이 그를 소설가로 기억한다. 울프는 1915년 첫 소설 『출항』부터 1941년의 마지막 작품 『막간』까지 모두 여덟 권의 장편소설을 집필했다. 그런데 그녀의 공식 저술활동은 첫 소설보다 십일 년 앞서 시작됐다. 1904년 『가디언』에 에세이를 기고한 뒤로 울프는 신문과 잡지에 꾸준히 서평과 에세이를 발표했다. 강연문을 기초로 한 『자기만의 방』을 비롯해 출간한 에세이집도 여러 편이다. 소설가이기 전부터, 또 소설가가 된 후로도 울프는 에세이스트이자 비평가였다. 물론 울프의 삶을 관통하는 기둥은 소설 쓰기였다. 소설을 쓸 만큼 이야기가 차오를 때까지 사이의 시간을 촘촘히 채운 것이 그녀의 짧은 글들, 서평과 에세이와 단편과 편지와 일기였다. 1917년부터 세상을 떠나기 나흘 전까지 스물네 해를 기록한 일기는 작가로서 그녀의 희열과 불안과 고독을 증언하고 있다.

열세 살에 어머니를 잃고부터 울프는 신경쇠약을 앓았다. '병'은 내면에 잠복해 있다가 몇 해에 한 번씩 수면에 떠올랐다. 잠복해 있을 때도 증상을 거둬가지 않았다. "첫날은 비참하고 둘째 날은 행복하다"고 울프는 자신의 증상을 적어뒀다(1921. 4. 9 일기에서). 널뛰는 감정과 예민한 감성은 작가로서 울프의 자산이었다. 그러나 "생활과 소설" 두 세계를 날마다 왕복하며 그녀의 신경은 위태로울 만큼 팽팽해졌다. 소설 쓰기가 불러오는 긴장을 피할 수 없지만, 팽팽한 신경을 끊어뜨리지 않을 만큼의 이완이 필요했다. 그래서 건강이 허락하는 한 울프는 글쓰기만큼 규칙적으로 독서하고 산책하기를 거르지 않았다. 책을 읽고 강가를 걷고 거리를 가로지를 때 울프는 모든 촉수를 활짝 열어둔 관찰자이고자 했다. 외부세계를 관찰하고 외부의 자극이 자기 내면에 불러일으킨 파동을 관찰하고 그 파동에서 자신이 쓸 이야기의 미래를 관찰했다. 독서와 산책에서 건져 올린 관찰은 차곡차곡 글로 수집됐다. 그녀의 소설 속에서 이 관찰들이 생동하는 장면을 포착하기란 어렵지 않다.

독서와 산책에 얽힌 울프의 이력은 어린 시절로 거슬러 올라간다. 울프의 아버지 레슬리 스티븐은 영국의 저명한 학자이자 비평가였다. 부유한 집안이었지만 빅토리아 시대 가부장주의의 뿌리가 깊었다. 울프는 여성이라서 정규교육을 받지 못했다. 학교 대신 아버지의 방대한 서고가 울프의 스승이 되었다. 점점 더 어려운 책을 더 빠른 속도로 읽어나간 데는 아버지에게 인정받고 싶은 마음이 없지 않았다고 회고록에서 울프는 고백한다. 평생 왕성한 독서가로서 울프의 독서는 그리스어와 프랑스어를 넘나들고 고대부터 20세기를 아울렀다. 문학적 산책에 비하면 공간적 산책은 제한적이었다. 울프는 런던에서 나고 자란 런던 사람이었다. 결혼 후 건강이 악화돼 런던 외곽의 조용한 리치먼드와 로드멜에 오래 거주했지만 런던의 삶을 포기하지 않았다. 런던 산책 역시 하이드파크게이트 22번지인 아버지 집에 살던 시절부터 시작됐다. 회고록에 따르면, 울프와 언니 바네사는 어릴 때부터 매일 두 차례 아버지와 켄싱턴 공원을 산책했다. 어쩔 수 없이 동행한 '아버지의 산책'은 "지나치게 단조롭고" 지루했다. 자매는 "무료함을 달래기 위해" 산책 때마다 새로운 이야기를 보태 "길고 긴 이야기들"을 꾸며내야 했다.

울프가 런던 산책을 진심으로 사랑하게 된 것은 아버지의 집을 떠나면서부터인 것 같다. 1904년 아버지가 사망한 뒤 울프는 친형제들과 함께 고든스퀘어 46번지로 이사한다. 어머니를 잃고 두 해 뒤 어머니를 대신하던 의붓언니마저 맹장염으로 사망한 뒤 울프 자매는 칠 년 동안 아버지 곁을 지켰다. 성장기를 보낸 켄싱턴에서 벗어나 자매가 택한 동네는 블룸즈버리였다. 블룸즈버리에서 울프는 자유로웠다. 한밤중에 커피를 마시고, 읽고 싶은 것을 읽고, 내키는 대로 말하고, 걷고 싶은 만큼 쏘다녔다. 규제하는 가족 대신 함께 토론할 친구들을 얻었다. 브런즈윅, 피츠로이, 태비스톡, 고든, 소박하고 푸른 블룸즈버리의 광장들을 걸으며 비로소 울프는 산책의 즐거움을 만끽했다. 그리고 이때부터 세상에 글을 내놓기 시작했다.

"런던은 쉴 새 없이 나를 매혹하고 자극하고 내게 극을 보여주고 이야기와 시를 들려준다. 두 다리로 부지런히 거리를 누비는 수고만 감내하면 아무것도 걸리적거릴 것 없다. 혼자 런던을 걷는 시간이 내게는 가장 큰 휴식이다."(1928. 5. 31 일기에서)

20세기 초 대도시 런던이 여성에게 제공한 보행의 자유를 울프만큼 적극 누린 여성도 드물 것이다. 물론 남성들이 점유하는 특권적 공간에 여성은 출입이 허용되지 않는 반쪽짜리 자유임을 모르지 않았다. 런던은 세상에서 가장 부유한 도시이면서 그만큼 부와 궁핍의 대조가 극명했다. 아름다움과 추함이, 화려함과 천박함이, 혼란과 에너지가 동전의 양면처럼 맞붙어 있었다. 런던을 관찰하고 소요하며 울프는 모순으로 꿈틀대는 런던의 모습에 매료되었다. 예리한 산책자의 시선으로 런던의 소음과 혼잡에서 리듬과 에너지를 포착했다. 런던은 그녀에게 무한한 이야깃거리였다.

런던에 대한 애정은 런던을 떠나 있을 때 더욱 강렬해졌다. 1915년 『출항』의 출간을 앞두고 울프의 신경쇠약이 도졌다. 칠 년 동안 공들인 첫 소설을 발표하는 긴장을 그녀의 예민한 신경이 감당하지 못했다. 울프 부부는 런던의 소음과 자극을 벗어나 조용한 리치먼드로 집을 옮겼다. 시골생활이 주는 안정은 시간이 흐르면서 "다람쥐 쳇바퀴 도는" 무료함으로 바뀌었다. 울프는 런던의 활력을 절절히 그리워했다. 결국 부부는 한적한 로드멜의 집을 주말 별장으로 남겨두고, 1924년 블룸즈버리로 돌아왔다. 런던으로 귀향한 울프의 설렘은 이루 말할 수 없었다. 울프는 "개인의 삶을 힘들이지 않고 싣고 가버리는" 이 도시의 매혹에 대해 글을 쓰리라 다짐한다. 『댈러웨이 부인』에서 클라리사와 엘리자베스가 들뜬 걸음으로 런던 거리를 누비는 장면은 유명하다. 스트랜드 거리와 옥스퍼드 거리의 왁자지껄한 소란에 휩쓸리며 보행자의 행렬에 합류하는 울프의 흥분이 생생히 전해진다. 런던은 울프의 여러 작품에서 단순한 배경 이상으로 등장한다.

"홀가분하고 상쾌한 일이 뭐가 있을까? 강이 있지. 이를테면 런던브리지의 템스 강변. 그리고 공책을 한 권 사고 스트랜드 거리를 걸으며 얼굴 하나 상점 하나마다 내게 던지는 충격을 마주해야지, 펭귄 책도 한 권 사볼까. 월요일에는 런던에 있을 테니." (1940. 3. 29 일기에서)

이 책에 실린 여섯 편의 에세이는 1931년 12월부터 1932년 12월까지 울프가 『굿하우스키핑』이라는 잡지에 격월로 연재한 '런던 풍경The London Scene' 시리즈다. 대중적인 비문학 잡지 독자들에게 런던 생활의 장면들을 스케치하듯 소개하는 글인 만큼 여섯 편 모두 짧고 가볍다. 런던 부두의 짠내를 맡으며 출발한 산책은 옥스퍼드 거리의 북새통을 지나 첼시의 칼라일 하우스, 햄스테드의 키츠 하우스를 거쳐 다시 런던 한복판의 대성당과 사원과 하원의 사당을 통과해 주택가 골목으로 접어든다. 런던 사람이라면 누구나 알 법한 익숙하고 상징적인 장소들이다. 이런 익숙함과 가벼움 때문이었을까? 울프의 전기를 집필하고 새로이 출간된 『런던 풍경』의 서문을 쓰기도 한 허마이어니 리에 따르면, 이 글은 울프 사후에도 한참 동안 '따로 재출간할 가치'가 있다고 평가받지 못했다. 심지어 1975년 호가스 출판사와 랜덤하우스에서 출간한 단행본에는 여섯 번째 글이 누락돼 있다. 2004년 어느 작은 출판사가 추적 끝에 서섹스대학 아카이브에서 찾아내기 전까지 여섯 번째 글의 존재는 까맣게 잊혔다. 이때 발굴된 건 마지막 에세이 한 편이 아닐지 모른다. 덕분에 2004년 이후로 여러 출판사에서 '런던 풍경'을 새롭게 내놓았으니 말이다.

그런데 이 책의 익숙함과 가벼움은 양면적인 데가 있다. 익숙한 길을 걷되 마주치는 얼굴 발견하는 모퉁이가 다르며, 가벼운 걸음으로 서성이되 찰나의 표면에서 심층을 뚫어보는 시선은 내밀하다. 런던의 무역이 정점을 찍던 1930년대 낭만이 자취를 감춘 살풍경한 부두를 훑어가던 울프의 시선은 용도가 '부산물로 낳은' 뜻밖의 아름다움을 포착한다. 옥스퍼드 거리의 현란한 진열대에서 소멸을 목적으로 진화하는 근대 도시의 생리를 읽어내고, 사상가의 서재가 아니라 부인의 부엌에서 칼라일 부부의 하루를 상상한다. 명사들의 안식처에서 무명인의 덕행을 기억하고, 시장통 같은 의회에서 개인이 개성을 내놓고 권리를 얻은 민주주의의 두 얼굴을 관찰한다. 짧은 산책은 의외의 장소에서 멈춘다. 평생 런던의 풍문을 수집한 노부인의 응접실이다. 이런 곳에서라야 비로소 번잡한 대도시의 무수한 파편들이 납득할 만한 유기체로 거듭난다고 울프는 말한다. 호기심을 품은 시민의 이야기 안에서 런던이 가장 생생하게 살아난다는 말을 할 때 아마 울프는 거리 산책을 마치고 작가의 방 앞에 서 있었으리라.

이 시리즈보다 한 해 앞서 울프는 「거리 배회 Street Haunting: A London Adventure」라는 에세이를 썼다. 화창한 겨울 "연필 한 자루를 산다"는 구실로 "저녁 네 시에서 여섯 시 사이 집을 나서", "익명의 보행자들"로 북적이는 런던 거리를 누비는 산책자의 이야기다. 이 글의 공간은 방과 거리로 나뉜다. 기억과 경험이 단단한 껍질처럼 자아를 감싼 방을 나와 거리로 도망칠 때 산책자는 껍질을 벗은 알맹이로 수은처럼 유연해진다. 방이 인간 존재를 사유하는 뇌의 자리라면, 거리는 사물의 표면을 유영하며 아름다움을 포착하는 눈의 놀이터다. 그러나 보는 눈은 자꾸 잠자는 뇌를 깨워 산책하던 걸음을 툭하면 어둑한 방 안으로 이끌고, 겉으로 드러나지 않은 타인의 속사정을 상상하게 한다. 그렇게 상상하는 뇌에 제동을 걸고 다시 밖으로 나와 거리를 배회하다 또다른 사정 앞에 걸음을 멈추는, 걷다 서고 보다 생각하는 부단한 교차가 울프의 산책이다. 방안의 고독에 비하면 거리를 부유하는 시간은 가볍다. 익숙한 경로지만 수만 가지 우연에 몸을 맡기면 어느 하루도 똑같지 않다. 울프의 산책에서 익숙함과 가벼움은 어쩌면 당연한 게 아닐까? 산책의 경로를 방과 거리 사이라고 할 때, 이 책에 실린 여섯 편의 에세이는 가장 거리에 가까운 글들로 읽힌다.

글쓰기는 고독하다. 오롯이 혼자 접신하듯 힘겹게 다른 세계를 드나드는 과정이다. 고독한 방을 나와 산책을 하며 울프는 다른 세계로 들어갈 용기와 여흥과 자극을 얻었을 것이다. 그리고 기꺼이 다시 방으로 돌아갔을 것이다. '거리 배회'의 화자처럼 길에서 마주친 "난쟁이와 눈먼 형제"의 이야기를 품고 문방구 주인 부부의 다툼과 화해를 기억하며 전리품처럼 연필 한 자루를 들고 방으로 돌아갔을 것이다. 두 시간 전보다 얼마쯤 확장된 내면의 힘으로 다시 문을 열었을 것이다. 1940년 런던 대공습의 폭격으로 태비스톡 광장과 맥클렌버러 광장에 있던 울프의 집이 파괴됐다. "서재의 벽 한 모퉁이"만 남고 울프의 방이 사라지고 산책에서 돌아올 문이 사라졌다. 그리고 이듬해 그녀는 산책에서 돌아오지 않기를 선택한다.

"춥고 건조하고 하늘이 잿빛인 날이었다. 집을 나서서 크롬웰의 딸 무덤이 있는 묘지를 가로질러 그레이스 인을 거쳐 홀번을 따라 걷고 돌아왔다. 그 시간 나는 더 이상 버지니아도 아니고 천재도 아닌, 흠잡을 데 없이 당당하고 흡족한, 아 영혼이랄까 육신이랄까?"(1936. 11. 3 일기에서)

이 글에 인용된 문구들은 버지니아 울프의 일기 『A Writer's Diary』, 회고록 『존재의 순간들』, 「거리 배회」에서 가져왔음을 밝혀둔다.

이 승 민

웨스트민스터 사원

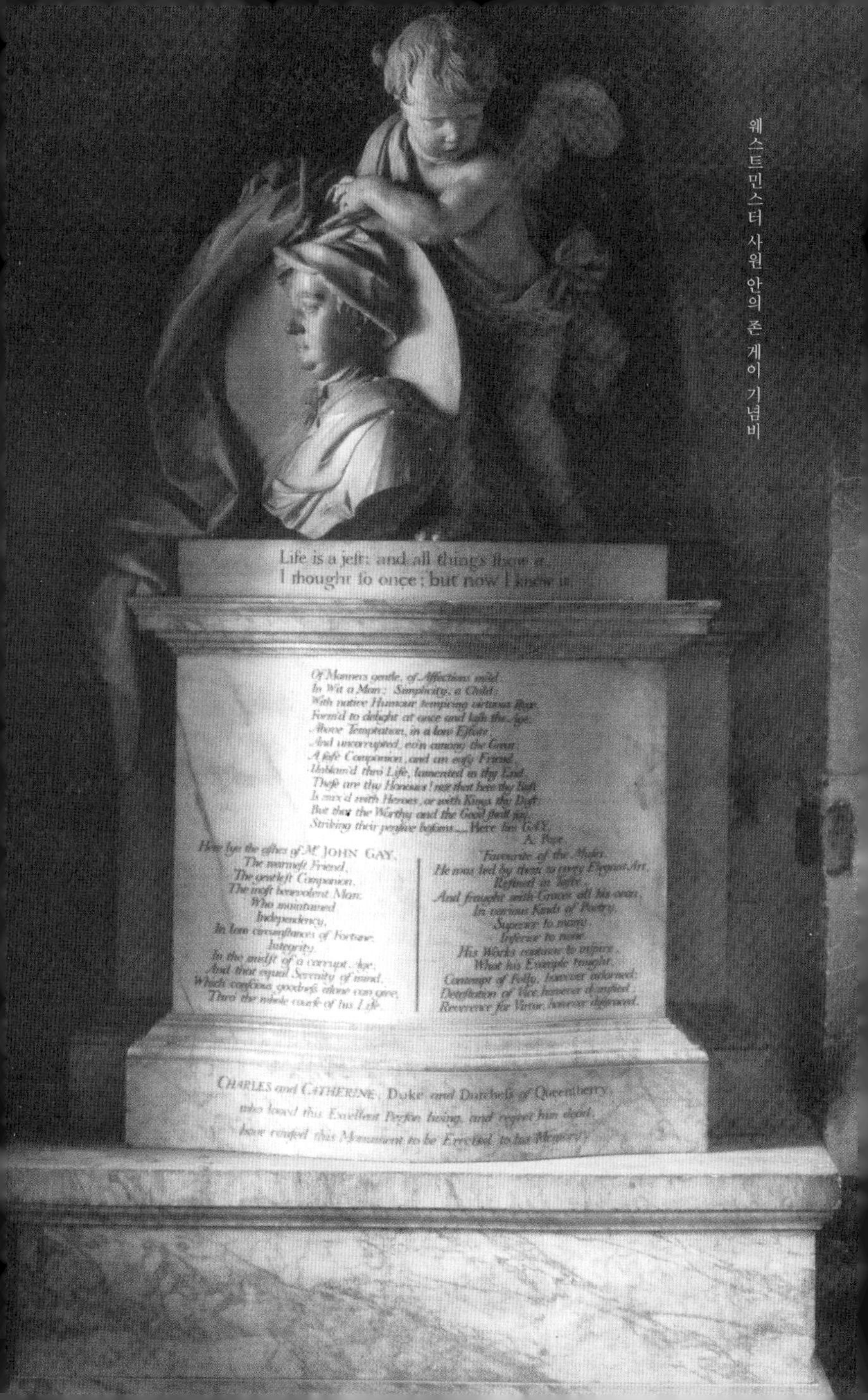

웨스트민스터 사원 안의 존 게이 기념비

제인 도 5번지의 칼라일 하우스

칼라일 하우스의 사주식 침대

런던을 걷는 게 좋아,
버지니아 울프는 말했다

초판 1쇄 발행 2017년 4월 1일
초판 2쇄 발행 2019년 10월 10일

지은이 | 버지니아 울프
옮긴이 | 이승민
펴낸곳 | 정은문고
펴낸이 | 이정화
편 집 | 안은미
디자인 | 원선우

등록번호 | 제2009-00047호 2005년 12월 27일
주소 | 서울시 마포구 서교동 473-10
전화 | 02-392-0224
팩스 | 02-3147-0221
이메일 | jungeunbooks@naver.com
페이스북 | facebook.com/jungeunbooks
블로그 | blog.naver.com/jungeunbooks

ISBN 979-11-85153-13-1 03840

*책값은 뒤표지에 쓰여 있습니다.
*이 도서의 국립중앙도서관 출판예정도서목록(CIP)은
 서지정보유통지원시스템 홈페이지(http://seoji.nl.go.kr)와
 국가자료공동목록시스템(http://www.nl.go.kr/kolisnet)에서 이용하실 수 있습니다
 (CIP제어번호: CIP2017007325)